新世纪保健图文

健康怀孕280天

（英）琼·汤姆生 著

黄清玲 译 张声 校

福建科学技术出版社

著作权合同登记号：图字13-2000-40

A Marshall Edition

Copyright © 1999 Marshall Editions Developments Ltd,London,UK.

All rights reserved

原书名：PREGNANCY FROM CONCEPTION TO BIRTH

本书中文简体字版由英国Marshall公司授权福建科学技术出版社
独家翻译、出版，在中华人民共和国境内发行

图书在版编目(CIP)数据

健康怀孕280天／（英）汤姆生著；黄清玲译.
—福州：福建科学技术出版社，2001.9 （2002.4重印）
（新世纪保健图文传真）
ISBN 7-5335-1844-6

Ⅰ.健…　Ⅱ.①汤…　②黄…　Ⅲ.妊娠期－妇幼保健　Ⅳ.R715.3

中国版本图书馆CIP数据核字(2001)第039025号

书　　名	**健康怀孕280天**	
	新世纪保健图文传真	
作　　者	（英）琼·汤姆生	
译　　者	黄清玲　张声(校)	
出版发行	福建科学技术出版社(福州市东水路76号，邮编350001)	
	www.fjstp.com	
经　　销	各地新华书店	
印　　刷	深圳中华商务联合印刷有限公司	
开　　本	889毫米 x 1194毫米　1/32	
印　　张	3.5	
字　　数	115千字	
版　　次	2001年9月第1版	
印　　次	2002年4月第2次印刷	
印　　数	10 001－15 000	
书　　号	ISBN 7-5335-1844-6/R·384	
定　　价	20.00元	

书中如有印装质量问题，可直接向本社调换

目录

4.产前护理与分娩

5.你和你的宝宝

6.你的个人文件

受 孕

　　对于一对夫妇来说，决定生一个宝宝是他们所做的最重要的决定之一。健康的父母都希望有个健康的宝宝，你在怀孕前及怀孕时健康状况越好，对你和你的宝宝越有好处。

　　在今天发达的社会里，怀孕和生宝宝比以前任何时候都安全，但是保证自己处于最佳状态，这样才能使自己能更轻松地应付怀孕、分娩以及育儿的需要。

　　你至少要在希望受孕的3个月之前就做好准备。为了帮助你做好准备，本章将介绍准备怀孕的各个步骤及可能会碰到的一些问题。

孕前计划

1

通过怀孕前的计划，你和你的爱人就能确保自己处于最佳的健康状态，并能意识到一些潜在的危险因素或遗传因素，这些因素会影响你和宝宝的健康。如果你想怀孕，至少在3个月之前，你和你的爱人就要采取以下措施。

注意生活方式和全身状况

■你抽烟、喝酒或使用大麻、可卡因及海洛因吗？如果有，则会对你和你的宝宝造成严重的伤害，可以参看第10－11页对改变这些习惯提出的建议。

■你体态健康吗？如果还不够良好，可以参看第44－47页，改善你身体的健康状况。

■你的全身状况和免疫状态如何？关于这方面的检查可以参看第8－9页，也可以询问医生。

注意营养

■你偏胖或偏瘦吗？如果明显偏胖或偏瘦，则会减少怀孕的机会（见第11页）。

■你一天吃了三餐吗？经常吃零食吗？你偏食吗？要怀一个健康的小孩，在饮食上保持平衡是最基本的。关于营养方面的建议详见第28－29页。

停止使用避孕药

■如果你采用宫内节育器（IUD）避孕，那么计划怀孕前要将它取出，因为它会增加感染的危险性。

■如果你服用避孕药避孕，而现在想要怀孕，则至少要在两个月经周期前停止使用避孕药。生理周期完全恢复"正常"往往需要数月时间。有证据表明避孕药会影响某些维生素和矿物质的吸收。

■在准备怀孕的这段时间里，可以采用安全期避孕或工具避孕。

动物或食物是否会给你带来危险

■你养猫吗？你是否住在农场？你吃了未经高温灭菌或未烤熟的奶酪或喝了未经高温消毒的牛奶吗？你可能会因为食物或动物而感染上某种疾病，而这种疾病可能对你的宝宝有害。关于如何避免这些危险性详见第24－25页。

家和单位中的一些危险因素

怀孕前，要注意自己接触的污染物质，这些物质可能会影响你肚子里的胎儿，也可能会引起早产。

工作中的危险因素

要注意工作中的一些危险因素如化学物质、气体及X－射线设备发出的射线等。关于视频显示器对胎儿的影响，近来许多研究还没发现其危害性，但是你最好少接触。如果你为工作中的安全问题担忧，可以向你单位负责人或主管劳动卫生的部门提出（关于怀孕时的安全问题详见第44－47页）。

要避免接触的化学物质

金枪鱼、农药、除草剂以及牙齿汞合金填充物中都发现含有汞。因此要少吃金枪鱼，不要接触那些除草剂和杀虫剂，也不要用那些可能有毒的清洁剂。

下面这些物质可能含有铅：

■饮用水：如果你房子里的水管是旧的，可以请当地水管理机构检测你的饮用水。在这期间，水要过滤后才能饮用。

■脱落的旧油漆：你最好要请一个专业的铅检测员检查。如果你要将旧油漆除去，可以请专业人员做，施工时自己最好离远点。如果你要自己做，要穿上防护衣并遮住脸部和头发。

■汽油：要用无铅汽油，而且如果你住在马路边，要用有过滤作用的窗帘。

父亲的责任

小孩一生中好的开始取决于你自己和你配偶的健康，虽然你随时都产生精子，但是精子要100天才能完全成熟，而且以下几个方面因素都会影响精子的数量和质量：

■过量饮酒和吸烟

■吸毒

■营养不良

■肥胖

■精神压力

■环境污染，包括与一些化学物质及有毒物质接触

孕前检查

怀孕前，你要进行各种健康检查，包括既往病史及产科病史，以确定你是否患过儿童易感疾病如水痘等或者一些性传播疾病，并检查你对风疹的免疫力。如果你患有某些慢性疾病如高血压、糖尿病等，医生也会为你提供一些建议，因为在怀孕过程中有些疾病需要特别注意。如果有必要的话，医生还会谈到关于基因检测的事项，此外检查你和你的配偶所服用的处方药和非处方药也是必要的，这样才能确保怀孕时这些药物不会对你和你的胎儿造成危害。

既往病史检查

你患有或曾经患过以下这些疾病或有过以下病史吗？

■哮喘、糖尿病、高血压、癫痫等疾病或其他家族性疾病。

■流产病史。

■性传播性疾病如疱疹、衣原体感染或性病。

一些患有疾病的女性草率地怀孕了，然而有时疾病会恶化，因此需要特别注意。怀孕之前要与医生一起回顾一下你的既往病史以减少出现并发症的危险性。如果必要的话建议采取预防和治疗措施。除非医生建议，否则不应停药。

免疫状态的检测

■你是否接受免疫接种以抵抗风疹或麻疹等传染性疾病？

■怀孕时你计划去国外旅游吗？

虽然怀孕时很少会患儿童传染性疾病，但是如果你在怀孕早期得了风疹，或者在围产期患了水痘，你的宝宝将会受到严重的影响。简单的血液检查就可以测试你的免疫力。如果需要的话，你可以进行抗风疹免疫，但是医生建议你要在接种疫苗3个月后再怀孕，有些医生也建议对其他疾病如腮腺炎、乙型肝炎和破伤风等进行免疫预防。

如果你计划在怀孕的时候去国外旅游或定居外国，也要对某些其他疾病如黄热病、伤寒进行免疫预防。由于孕妇不能进行某些检查或者没有时间，因此如果你需要，就应该事先准备好并找医生检查。

1

回顾家族史

　　虽然有些先天缺陷不能治愈，甚至不能阻止它的发生（一些最常见的缺陷仍然仅是很偶然的），但是在鉴别哪些人有生异常小孩的危险因素方面，医学上已经取得了重大的突破，并且能将他们筛查出来。有时，双亲都携带异常基因才可能导致异常小孩出生；而有时一方异常就可能将缺陷传给小孩。如果你或你的近亲（父母、兄弟、姐妹或第一代堂兄妹、表兄妹）中有人出现下面这些异常之一，那么怀孕前你应该去寻求帮助。

■遗传性疾病如囊性纤维化、镰状细胞贫血、地中海贫血或神经节苷脂贮积症。

■先天缺陷如唐氏综合征、特纳综合征、先天性心脏病、腭裂和兔唇。

　　遗传筛查或遗传咨询要检查你和你配偶的全部病史，然后再排除你们将这些异常传给小孩的可能性。如果小孩受某种严重缺陷影响的可能性很高，你们可以考虑用捐赠的卵子或精子进行人工受精或者领养宝宝。

遗传病的筛查

■正如前面所提到的，双亲通过特殊的血液检查就可以进行遗传病筛查。如果发现双亲均为携带者，他们的宝宝患这种病的机会是四分之一。

■有些遗传病主要与特异的种族有关。例如，镰状细胞贫血多在非洲和加勒比海人发病，地中海贫血则多见于地中海和东南亚后裔。

■如果你是镰状细胞贫血和地中海贫血的基因携带者，怀孕时你不会患病而且也不会对你造成影响。

其他检查

你也可以考虑进行一些其他检测，如检查Rh阳性还是阴性（详见第64—65页），还有对弓形体免疫力的检查，如果你吃了未煮熟的肉可能会患这种病（详见第24—25页）。

牙科检查

　　虽然怀孕时你仍可去做牙科检查，但是孕前也要检查。这可保证怀孕时牙齿和牙龈的健康并避免行X线检查，而且还可以替换牙齿中的汞合金填充物。如果你怀孕的时候去牙科看病，别忘了跟医生说你的身体状况。

改变生活习惯

1

偏瘦或偏胖、吸烟、过量饮酒及吸毒都会减少怀孕的机会，在你想怀孕之前，夫妻双方都应该设法改变不良的生活习惯。

为什么要戒烟或戒毒？

许多研究表明吸烟对出生前后的小孩都有害处，因为它会减少小孩氧气和营养的供应。吸烟对小孩健康的危害包括以下几个方面：

■降低出生体重。

■增加流产和死产的可能性。

■增加摇篮死的可能性。

■增加呼吸道感染、哮喘和耳道感染的可能性。

■可能会比父母没有吸烟的小孩矮。

尼古丁片或者胶囊对戒烟有帮助，但是不适用于孕妇。

怀孕期间吸食毒品如可卡因或海洛因，会有流产、早产或死产的危险，也可能小孩出生后就有毒瘾。如果要戒去毒瘾，医生会建议你找专家帮助。

饮酒

血液中的酒精会通过胎盘进入胎儿的血流。过量饮酒会在怀孕早期引起流产，也可能对宝宝的健康造成危害。过量饮酒者的小孩出生时可能会有一定程度生理和精神上的问题即胎儿酒精综合征。

患有该综合征的宝宝比正常小孩矮小，体重也偏轻，而且头小，容貌异常，常有精神障碍，也可能出现活动亢进并有严重的行为紊乱。

■饮酒会降低生殖能力及怀孕能力

■在你准备怀孕和已怀孕时最安全的是戒酒，或者至少应减少酒精摄入量，一周最多喝1-2次，一次喝的量不超过1-2个单位（见下图）。

■喝醉酒或酗酒是最危险的。

1单位的酒约相当于0.5升啤酒或1杯葡萄酒。

增加叶酸的摄入量

■科学研究表明，在怀孕前后12周增加叶酸的摄入量能明显减少小孩患先天性脊柱裂、腭裂和兔唇的危险性。

■叶酸是B族维生素中的一种，主要来源于以下食物：绿色蔬菜、全麦面包和强化食品、橘子和香蕉、牛奶、酸乳酪和干酪、豆类如黑眼豆和扁豆、酵母和麦精等。

■从准备怀孕到怀孕的前12周每天要补充0.4毫克叶酸片剂。

检查体重

　　偏瘦或偏胖会减少怀孕的机会，也会影响宝宝的健康。

■如果你是因为吃得少而偏瘦，这样会造成重要营养物质不足，如维生素、铁和钙等，从而影响你自己和宝宝的健康。

■如果你因为瘦而出现停经或者月经不规则，那么你可能无法怀孕，除非体重恢复正常。

■如果你偏重，则容易出现血压升高，这是怀孕后期可能出现的一个问题。体重偏重还可能存在患"妊娠"糖尿病的危险，即在怀孕期间出现糖尿病。怀孕期间超重也会增加关节的张力，导致一些常见疾病如腰背痛和气促加重。

■怀孕期间一般不主张节食，因此如果你要减肥，必须在怀孕前进行。减肥要有健康的饮食计划并进行适当的运动，缓慢且稳定地减轻体重。避免急剧减轻体重，否则会使你失去基本的营养物质，危害你的健康。有关减肥问题可以进一步征求医生和营养学家的意见。

■如果你很瘦或者饮食紊乱如易饥或厌食，可以找专家帮助，这些情形会对发育中的胎儿造成生长方面的影响。

父亲的责任

　　吸烟和中、重度饮酒会引起生殖能力问题，你的配偶也会因为吸入烟雾而深受其害。大量饮酒的父亲还有造成胎儿酒精综合征的危险性。与你的配偶一样，准备怀孕之前必须戒烟和戒酒或者减少饮酒量。

受孕条件

1

至少在受孕前3个月，你和你的配偶如果能遵循上一节的孕前指导（第6－11页），你们就会有很好的受孕机会并生一个健康的宝宝。

受孕必须具备以下条件

■女性必须排卵（见下页）。

■排卵后48小时内要完成性交。

■必须有足够数量性能优良的精子到达卵子，其中一个使卵子受精。

■不能有任何障碍阻止受精。

■一旦完成受精，发育中的胚胎要成功着床于准备好的子宫内膜上。

解决受孕问题

如果在无避孕情况下进行性交而未立即受孕，不要失望。研究表明很正常的配偶在一个月内，也只有四分之一的机会受孕。如果一年之后你还没有受孕，可以去找医生。医生会为你安排一些检查，包括精液分析、超声或注入造影剂检查输卵管是否正常和通畅（输卵管造影），也可以用称为腹腔镜的微型照相机检查输卵管。

父亲的责任

裤子太紧会升高睾丸的温度，抑制精子的产生，因此要改穿宽松的短裤。遵循一般性健康原则，例如合理饮食、减轻过重体重和戒烟等，有助于受孕。

排卵时间

1

女性生来每个卵巢就大约有250 000到400 000个卵子，月经期前大约14天就有一个卵子成熟并释放到输卵管中，这个过程叫排卵。卵子排出后只能活24小时，而精子可以在女性体内活72小时。月经周期通常平均为28天，但是许多女性月经不规则，排卵也不规则，或者有其他异常。因此，确定排卵的时间对于成功的受孕是很关键的，你可以尝试以下几种方法：

■基础体温的测定——温度法

在一张表格上记录下每天的体温，排卵后体温会上升0.5℃。只有在排卵后体温才会升高，所以可以用来检测排卵，发现温度升高后应该尽快地进行性交，如果读取的温度不准确，会影响这种方法的可行性。

■宫颈粘液的改变

月经周期开始和结束时，粘液少、粘稠、不透明。排卵前由于雌激素水平达到高峰，粘液变得稀薄、透明。这种粘液对精子是有利的，因此易于受精。这种方法常常与温度法结合使用。

■家庭排卵预测实验

排卵前，女性体内一种叫促黄体生成激素（LH）的物质会快速增高。家庭排卵预测实验就是通过检测女性月经周期尿液中LH的量来进行的。LH的量快速升高时说明机体很快就处于受精高峰期，这个峰值后两三天进行性交就很容易怀孕。这些家庭检测试剂可从药店购到。

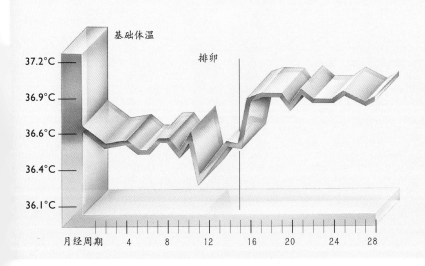

1

怀孕的征象

　　怀孕有许多征兆和症状。起初，你可能不会意识到所有的变化，但是能"察觉异常"，而知道自己怀孕了。怀孕最明显的征兆是停经，特别对于那些月经周期规则的人。怀孕也有其他早期征兆，例如尿频、乳房胀痛等。

对气味很敏感

对浓烈气味的敏感性增强，如香烟与一些食物，这些东西会让你觉得恶心

乳房的变化

高水平的孕酮（见第23页）会使乳房有胀痛感，乳头着色也会加深

停经

子宫内膜为了适应受精卵着床的需要进行增殖，这时就没有月经期内膜的排出。因此停经就说明已经受精了

尿频

这是由于激素松弛素（见第23页）使膀胱平滑肌松弛及体液量增多导致尿量也增多的缘故

疲劳

胎盘和胎儿迅速生长会使你觉得疲劳

胃口改变

激素的变化会使有些食物变得不可口，或者会导致嘴巴有金属的味道，你也会特别喜欢某些食物

晨吐

高水平的激素HCG（见第23页），胃酸量的增加及气味敏感性的增强会导致恶心、呕吐

阴道分泌物增加

这是由于激素改变引起的

1

证实怀孕

■早期确认怀孕是很重要的，这样你就可以尽可能早地对生活方式进行必要的调整。如果你已经准备怀孕的话，你应该已经开始健康的饮食、规则的锻炼，并努力改掉一些坏习惯如吸烟、喝酒。如果你还没有准备好怀孕的话，现在改变这些不良的生活方式是很重要的。

■如果月经推迟了，或者有前面所说的其他怀孕迹象，可以进行尿液或血液的检查来证实是否怀孕。

■你可以从当地药店买来检测试剂自己在家检测尿液，也可以找医生检查。

■医生也会建议进行血液检查，这比尿液检查更复杂，能够精确地测出血循环中人绒毛膜促性腺激素（HCG，见第23页）的量。HCG在整个妊娠过程中的量是不同的，因此可以根据它确认怀孕的日期并预测预产期（详见第23页）。

■怀孕6周后，要进行体格检查并取尿液和血液检查，医生会轻轻触压你腹部或通过指诊法来检查你变大变软的子宫。

家庭检测试剂

你停经的第一天（如果月经周期规则的话大约为怀孕后两周）就可以用怀孕检测试剂来确定你是否怀孕。这个试剂用起来简单、快速，而且可以从药店买到。

■早晨空腹前检测尿液是最好的，因为这时候尿液里的HCG的含量是最高的。

■如果你严格按照说明书去做的话，结果是可靠的。

■有时候，检查结果是"假阴性"，也就是说虽然你已经怀孕了但是检查结果是你没有怀孕。这种情况很可能是由于你的月经周期不规则造成的。

■如果检查结果是阴性的，但是你的月经一周后还没来，可以再测一次。

■如果尿液检查是阳性的，你要尽快去找医生。

选择医院

1

　　怀孕以后，你和你的爱人就要为宝宝的出生做好准备，例如，你们准备到哪里去生宝宝，由谁接生。有多种方法可以选择，例如你希望接生员是个有经验的助产士还是个医生？医生的诊所离你家近点还是离工作单位近点？对你所关心的事情，如分娩、哺乳等，他们是什么态度？你要考虑一下怀孕时的生活方式以及你需要哪些照顾，然后做出决定。

家庭医生

　　你的家庭医生与社区的助产士协作，能为你提供大多数的产前护理，必要的特殊检查或者在出现并发症时应与医院的联系。家庭医生的优点是他对你个人比较了解，并知道你的病史。可是并不是所有的家庭医生都提供产科护理，但他们会将你转给提供这方面护理的其他医生。

1

助产士

助产士是经过专门训练为女性提供从早期妊娠开始到分娩及分娩后几天健康护理的人员。大多数助产士也是有经验的护士，她们可以在有家庭医生的社区工作也可以在医院工作，也有一些独立的助产士。社区或者独立开业的助产士可能会更了解你并帮你选择你喜欢的护理方式。有些医院也进行"一对一"的产前护理。无论何时出现并发症，助产士都会将你交给家庭医生或产科医生。

选择产科医生

产科医生专门进行孕妇的护理，并能熟练处理怀孕和分娩时发生的并发症。如果你是高危孕妇（例如，有流产史或患有如糖尿病等的疾病），就要去找产科医生。即使没有这些并发症，如果你乐意的话，也可以从开始怀孕时就去找产科医生。选择产科医生前最好征求一下别人的意见，然后再与你的家庭医生商量，也可以让家庭医生帮你推荐一个。

选择分娩地点

分娩地点的选择在一定程度上不可避免地取决于你的住处以及所选择产科医生的工作单位。你可能选择的是一家配有专业产房的综合性医院，产房的布置与卧室或酒店一样舒适，而且还有良好的医疗设备，这样产妇在分娩及产后护理的整个过程就可以呆在同一张床上。你也可能选择一家配有产房的小社区医院，或是一家你所选择的产科医生不在里面工作而且也离得较远的分娩中心，也可以在家里分娩。在家里分娩只适合于那些低危产妇，通常情况下第一胎不应考虑在家里分娩。

1

产前教育

　　参加产前教育对你和你的爱人是很有好处的，在产前教育中你可了解到怀孕过程中心理和身体所发生的变化，也将明白分娩过程所发生的一切，这样你就有更充分的准备，也能更放松些来对付分娩时的疼痛。产前教育通常也涉及到初为父母常碰到的一些问题，而且也为你提供一个认识新朋友的机会，这样你可以从其他的孕妇中获得感情上的支持。在你决定哪一种方法适合你，参加哪一种产前教育之前，尽可能多读一些书并从你参加的产前教育的老师那里多学一些专业知识是有好处的。

产前教育的目的

　　无论是称为产前教育、分娩教育还是初为父母的教育，所有的这些教育常常都包括了以下知识：为分娩做准备，分娩中的放松技巧，分娩的自然过程，各种分娩方式和缓解疼痛的知识，以及为初为父母做准备等。也会放映一些分娩和分娩方式的录像。

　　有些产前教育讨论早期妊娠的一些相关问题，如营养、锻炼及胎儿的发育等（虽然许多产妇到怀孕第六、七月份才开始参加产前培训），在教育过程中你可以询问一些问题并提出心中的忧虑。如果你参加产前教育的地方离你选择分娩的医院很近，你可以了解一些关于医院实践经验和设备的情况，还可以参观一下医院。

　　多数产前教育课程也鼓励配偶参加，如果你的配偶无法或不愿意参加，你也可以带朋友或亲戚参加，如果你选择别人而不是爱人陪你生小孩的话，也欢迎他们参加产前教育。

选择适合你的产前教育

　　你要有充分的时间考虑哪一种产前教育适合你。产前教育课一般由助产士来主持，地点可以在康复中心、医生诊疗室，也可以在你进行产前检查的医院。你也可以参加由政府或志愿者组织的产前教育课，或分娩方面的私人教师和专家组织的课程。授课地点离你的工作单位较近的可能会更适合你，那些离家较近的地点有利于你与父母和宝宝接触，而且分娩后要继续保持联系也更容易些。

　　一旦你选定了某种教育课程，你就要去参加，或者你听说有个地方不错，可以事先预定好。产前教育一般每周1次、每次2个小时，持续8－10周。最好在预产期前4周就完成这个课程。

产前教育的类型

1

如果你乐意的话，你可以参加一种以上的产前教育课，例如专门适合于孕妇的锻炼，或产前锻炼。你也可以选择学习专门的分娩技巧或一些特殊的思维方式。没有任何分娩教育能保证你分娩时没有痛苦，但是有一些放松方法或是思维方式可以帮助你避免或尽量少用药物，你不一定只学习一种方法，许多产前教育都将多种方法很好地结合起来。

常见的几种产前教育方法

Robert Bradley法

这是美国妇产科医生发明的"丈夫教练"的方法，即丈夫作为孕妇的教练和助手。该方法强调进行健康饮食和锻炼来缓解孕妇的不适，在没有用药物的分娩中建议进行深呼吸。

Fernand Lamaze法

Lamaze是一个法国医生，他提出了心理助产法，这个方法主要强调呼吸放松的技巧。他认为分娩的痛苦会因恐惧和紧张而加重，孕妇对疼痛可以采用积极的态度，应用放松的技巧来缓解。如今，心理助产法越来越灵活，按照这种方法，孕妇分娩疼痛时就不会觉得出现异常了。

Active birth法

这个方法分娩时要移动并改变体位。分娩时在助手的帮助下，采取蹲位、跪位或匍匐位。这种方法中学习伸展运动以及如何采取"打开"位置是很重要的。

预产期

使用下面的日历，可以计算出你的预产期。在上面一行找到末次月经的第一天，对应的下一行日期就是你的预产期（EDD）。例如，如果你末次月经的第一天是1月14日，那么你的预产期将是10月21日。但是请记住只有5%的婴儿在预产期出生，提前或推后两个星期出生都是非常正常的。

末次月经的日期
预产期

一月	1 2 3 4 5 6 7 8 9 10 11 12 13 14 15 16 17 18 19 20 21 22 23 24 25 26 27 28 29 30 31
十月	8 9 10 11 12 13 14 15 16 17 18 19 20 21 22 23 24 25 26 27 28 29 30 31　1 2 3 4 5 6 7

二月	1 2 3 4 5 6 7 8 9 10 11 12 13 14 15 16 17 18 19 20 21 22 23 24 25 26 27 28
十一月	8 9 10 11 12 13 14 15 16 17 18 19 20 21 22 23 24 25 26 27 28 29 30　1 2 3 4 5

三月	1 2 3 4 5 6 7 8 9 10 11 12 13 14 15 16 17 18 19 20 21 22 23 24 25 26 27 28 29 30 31
十二月	6 7 8 9 10 11 12 13 14 15 16 17 18 19 20 21 22 23 24 25 26 27 28 29 30 31　1 2 3 4 5

四月	1 2 3 4 5 6 7 8 9 10 11 12 13 14 15 16 17 18 19 20 21 22 23 24 25 26 27 28 29 30
一月	6 7 8 9 10 11 12 13 14 15 16 17 18 19 20 21 22 23 24 25 26 27 28 29 30 31　1 2 3 4

五月	1 2 3 4 5 6 7 8 9 10 11 12 13 14 15 16 17 18 19 20 21 22 23 24 25 26 27 28 29 30 31
二月	5 6 7 8 9 10 11 12 13 14 15 16 17 18 19 20 21 22 23 24 25 26 27 28　1 2 3 4 5 6 7

六月	1 2 3 4 5 6 7 8 9 10 11 12 13 14 15 16 17 18 19 20 21 22 23 24 25 26 27 28 29 30
三月	8 9 10 11 12 13 14 15 16 17 18 19 20 21 22 23 24 25 26 27 28 29 30 31　1 2 3 4 5 6

七月	1 2 3 4 5 6 7 8 9 10 11 12 13 14 15 16 17 18 19 20 21 22 23 24 25 26 27 28 29 30 31
四月	7 8 9 10 11 12 13 14 15 16 17 18 19 20 21 22 23 24 25 26 27 28 29 30　1 2 3 4 5 6 7

八月	1 2 3 4 5 6 7 8 9 10 11 12 13 14 15 16 17 18 19 20 21 22 23 24 25 26 27 28 29 30 31
五月	8 9 10 11 12 13 14 15 16 17 18 19 20 21 22 23 24 25 26 27 28 29 30 31　1 2 3 4 5 6 7

九月	1 2 3 4 5 6 7 8 9 10 11 12 13 14 15 16 17 18 19 20 21 22 23 24 25 26 27 28 29 30
六月	8 9 10 11 12 13 14 15 16 17 18 19 20 21 22 23 24 25 26 27 28 29 30　1 2 3 4 5 6 7

十月	1 2 3 4 5 6 7 8 9 10 11 12 13 14 15 16 17 18 19 20 21 22 23 24 25 26 27 28 29 30 31
七月	8 9 10 11 12 13 14 15 16 17 18 19 20 21 22 23 24 25 26 27 28 29 30 31　1 2 3 4 5 6 7

十一月	1 2 3 4 5 6 7 8 9 10 11 12 13 14 15 16 17 18 19 20 21 22 23 24 25 26 27 28 29 30
八月	8 9 10 11 12 13 14 15 16 17 18 19 20 21 22 23 24 25 26 27 28 29 30 31　1 2 3 4 5 6

十二月	1 2 3 4 5 6 7 8 9 10 11 12 13 14 15 16 17 18 19 20 21 22 23 24 25 26 27 28 29 30 31
九月	7 8 9 10 11 12 13 14 15 16 17 18 19 20 21 22 23 24 25 26 27 28 29 30　1 2 3 4 5 6 7

健康与饮食

从怀孕的第一周起你就得照顾好自己，这是你为宝宝的幸福所能做的最重要的事情。如果你已经做好怀孕的准备，可能在生活方式方面已经有了一些调整，如果没有做好准备的话，那么从现在开始就要格外注意自己的健康。

你会发现自己的身体也在发生变化。在机体适应激素水平变化的过程中，将会出现一些感情的高潮和低潮，也会出现身体不适。以下提供的这些方法也许对你应付这些变化会有一定的帮助。

怀孕时要保持心情愉快、放松，不要过于担忧，这是最重要的。你已经采取了合理的预防措施保持自己的最佳健康状态，认识到这一点是真正保持健康的第一步。

情绪和激素

怀孕时身体和情感都发生了变化。有些女性喜欢怀孕时的状态，而其他人却希望快点结束。如果是第一胎，怀孕对感情和身体方面的影响不可忽视。因此知道为什么会发生这些改变以及还会发生哪些事情，有助于你理解身体所发生的变化，以及如何更好地照料自己。

情感和情绪

无论你是否想要一个宝宝，既然你知道自己怀孕了，就可能出现从兴奋到忧虑等复杂矛盾的情绪。某一天你可能会因为怀孕而激动，然后又对它产生怀疑，你可能会担心自己怎么能当好母亲，或者为爱人的真实感受担忧，也可能一些小事就让你泪流满面。这些感情上的高潮和低潮都是很自然的，不要为这些而感到内疚（多数是由于激素水平的增加所激发的）。

除了心理上的波动，激素水平的增高也会导致一些身体上的改变。第26－27页将探讨如何解决这些问题。当激素水平稳定后，将会有助于你保持一种幸福和平静的心态。事实上，许多孕妇认为自己没有比怀孕时更美丽、感觉更好的时候。

当你情绪低落时该怎么办

■与你的爱人、朋友或亲戚谈谈自己的感觉。

■如果有必要，可以痛痛快快哭一场。

■如果你为自己的生活将要发生的变化而担忧，就想一想有了小孩后将给生活带来的好处。要让自己认识到有了小孩后生活所发生的变化也意味着你是现实的：如果你设想自己的生活一成不变，是在欺骗自己。

■读一些关于怀孕和为人父母方面的书，参加产前教育，这样你就可以多理解这一方面的知识。

■如果你很疲劳时，什么事情看起来都会变得很糟。可以进行一些锻炼，有规律地放松，并且在饮食方面保持平衡，这样有助于保持健康。

■如果你非常沮丧或是有很多烦恼而自己又不能解决，可以求助于医生。

激素

激素是由内分泌腺体合成并释放到血液中的化学物质，通过血流可以到达机体的各个部分。激素在怀孕时起着重要的作用，在怀孕阶段它们的量比其他时候都多。

怀孕时主要几种激素

人体绒毛膜促性腺激素 (HCG)	这种激素是由胚胎合成的，能使孕妇停经。它也能使机体合成更多的孕激素。怀孕早期3个月，高水平的HCG是孕妇晨吐的主要原因
雌激素和孕激素	这两种激素在怀孕的各个方面都起着重要的作用，并且调控机体所发生的大多数变化。例如，孕激素使子宫内膜做好准备等待受精卵着床，刺激机体组织和脂肪的生长，也能让你维持一种平静的感觉。雌激素和孕激素共同刺激乳房中导管的生长，使乳房肿胀、乳晕（乳头周围的区域）变大颜色加深
松弛素	这种激素能软化宫颈，松弛骨盆肌肉和韧带，为分娩做准备
催产素	该激素能刺激子宫收缩有助于婴儿的分娩，分娩后有助于子宫回缩到正常大小，哺乳时也能刺激乳汁的分泌
前列腺素	该物质是存在于多种组织中的激素型物质。能刺激子宫收缩，含有前列腺素的阴道环或凝胶放入阴道能刺激分娩。如果在小孩快要出生时进行性交也会诱发分娩，因为精液中含有前列腺素
可的松	在怀孕过程中这种激素水平增高，这是怀孕期间易患变态反应（过敏）性疾病如哮喘、湿疹等的原因之一
肾上腺素、去甲肾上腺素和内啡肽	这些激素都能增加心率，对心理状态也有重要的影响。内啡肽能影响我们的感受，是天然的止痛剂。怀孕过程中体内内啡肽水平增高并在分娩时达到高峰
催乳素和胎盘催乳素 (HPL)	这两者都是与乳汁合成有关的激素。怀孕过程中分泌，但雌激素和孕激素会延迟乳汁的合成。一旦分娩后，雌激素和孕激素水平下降，乳汁就开始合成

2

健康保护措施

　　怀孕期间，机体对感染的天然免疫力会下降。在通常情况下对人没有危害的某些感染性疾病，在怀孕过程中，却会对胎儿的健康和发育造成危害。虽然这些感染性疾病并不常见，但是多加预防并保护自己避免患上这些疾病是明智的做法。怀孕时有些工作场所或职业也有危险性。

食物的安全性

■不要吃生的和未煮熟的畜肉类和禽肉类食品。特别要注意彻底洗净切、装生肉的砧板、盘子和器具等。拿了这些食物后要仔细洗净自己的手。

■不要吃新鲜的鹅肝酱和生鱼片如寿司。

■不要吃生蛋和含有未煮熟蛋类的食物，如蛋黄酱。

■将所有煮过食物和乳制品冷藏。

■加热处理的肉类食品必须趁热吃而不是等它凉了以后再吃。

■不要吃未经高温消毒过的牛奶和羊奶。

■不要吃白皮的软乳酪如卡门贝浓味软乳酪和法国布里白乳酪等，也不要吃带蓝条纹的乳酪如斯第尔顿奶酪、丹麦青纹干酪和羊乳干酪。其他的软乳酪如奶油干酪和松软干酪等对孕妇来说是安全的。

■不要吃奶昔。

■所有的新鲜水果、蔬菜都要彻底清洗。

■发霉的食物和发芽的土豆都要扔掉。

孕期用药

　　有些药物会影响胎儿发育，因此服用之前要先让医生检查一下。但是慢性疾病也不要随意停止用药，有时疾病没有治疗比药物对胎儿的危害更大。有些抗菌药是安全的，但是有些会引起胎儿的骨头发生畸形。有些抗菌药如磺胺类药在怀孕晚期不能使用，有些非处方药如止痛药、咳嗽药和感冒药、抗酸剂或铁剂等应该先让医生检查以确认是否可以服用。过量服用维生素及一些草药也是有危害的，因此要征求医生的意见。

如何安排工作

怀孕早期3个月，由于晨吐反应及疲劳，要想正常上班还挺困难的。如果有可能的话，你可以考虑迟点上班、早点下班。如果患有某些疾病如高血压等，最好暂时不去上班。无特殊情况，上班可以继续到28周或更长些，但是不要在午休时间到处乱跑或者去做其他事情。要尽可能多休息，确保午餐有足够的营养。坐在椅子上时也要注意抬高双腿，如果工作时必须站较长时间，可以穿有支撑作用的连衣衬裤，并应经常变换体位。你也应避免呆在充满烟雾的房间里。

2

避免感染	
利斯特菌病	如果怀孕期间感染了利斯特菌病会导致流产、死产或者使新生儿患上严重疾病。有些食物中有大量的利斯特氏菌，如软乳酪和鹅肝酱，一些冰冻的现成的肉类和现食禽类中也有少量的该细菌
沙门菌	这种细菌会引起严重食物中毒，胎儿会受到母亲体温升高的影响。蛋、家禽以及生畜肉中经常可发现沙门菌
弓形体病	在生的或未煮熟的肉、猫的排泄物及感染该寄生虫的动物粪便中可发现弓形体。健康成年人感染了该寄生虫只会出现流感样症状，但如果怀孕期间感染该寄生虫会对未出生的小孩造成影响。如果你已经感染了该寄生虫就会有免疫力，可以通过血液检查来检测。如果你还没有免疫力，就不要去动猫的窝，如果一定要自己动手的话，要戴上手套做，然后把手套和手洗干净。抓过猫及其他小动物后要洗手，整理花园时要戴手套，整理完后也要洗手
衣原体病	衣原体病是一种少见的疾病，会引起孕妇流产。为了避免感染衣原体，不要与孕期和哺乳期的绵羊接触，也不要接触绵羊的胎盘或者刚出生的羊羔

身体变化

　　几乎在你知道自己怀孕的同时，你就会发现身体发生了变化。激素活性增高的同时（详见第22－23页），机体自然就会为你和宝宝做好以后9个月时间里营养方面的准备。

乳房的变化

　　在怀孕早期就开始出现乳房的变化，到第6－8周时乳房就明显变大。乳头和乳晕（乳头周围颜色较深的一圈皮肤）着色加深，皮下静脉扩张。孕激素水平的增加会使乳房有坠胀感和触痛感，还会有麻木感。

　　怀孕第12－14周，乳房开始合成初乳，这些乳汁样物质可以用来喂哺刚出生的新生儿。

　　随着乳房变大，应穿宽肩带的支撑良好的乳罩。在怀孕的后面几个月，最好要先测量胸围后选购合适的乳罩。溢出的初乳可以用乳垫吸收。

气喘

　　随着胎儿长大，其所占用的空间也越大，由于肺脏因此没有足够的空间扩张，孕妇就会出现气喘。一旦胎儿的头部入盆（见第72页），你就又会感觉舒服些。

　　为了缓解气喘，坐着和站着的时候都应尽可能直，睡觉时应侧卧。

皮肤的变化

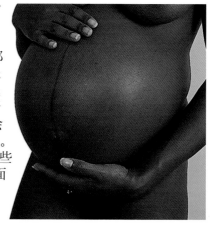

　　激素水平不同会引起皮肤的一些改变。包括脸上不均匀的褐色斑块（黄褐斑）；乳房、腹部和大腿上的条纹（伸拉的标志）；贯穿腹部的黑线。这条线和黄褐斑一样，阳光照后会更严重，但是分娩后会消失。伸拉斑会褪成银色线，但是不会完全褪色。多数专家认为护肤霜不能防止这些变化，但是在皮肤上用一些保湿面霜或油进行按摩你会感觉舒服。

体重增加

　　孕期妇女增加的体重因人而异，多数人体重增加大约10－16.5千克。虽然怀孕的早期体重就开始增加，但是第二阶段体重增加最多。体重增加要力求合适、稳定，严重体重不足或超重会导致怀孕或分娩时出现并发症。

常见的变化	
分泌物 孕期阴道分泌物会增加。如果分泌物有臭味，或出现痒感和疼痛应该去找医生	■穿棉质的内衣裤和短衬裤
指甲 指甲长得比平常更快而且更脆	■选用好的指甲油 ■让专业的修指甲师为你修剪
头发 怀孕时头发的发质有时会变好	■避免烫发和染发
疲劳 怀孕时经常出现疲劳，特别是在怀孕的前3个月和后3个月	■不要过于劳累，尽可能休息，但是也要进行一些柔和的锻炼 ■平衡饮食 ■接受别人的帮助 ■如果你觉得特别累，要去找医生或助产士以排除贫血的可能性
食物 厌食或喜欢特定的食物在怀孕时是很正常的	■如果总的饮食是健康的就不要担忧，没有哪一种食物对健康是特别重要的 ■如果你对一组食物（见第28－29页）的某种产生厌食，可以选择另一种代替 ■如果你嗜好某些非食物的东西，如泥土等，应该去找医生看一下。异嗜癖所嗜好的东西可能表明有营养的缺陷如缺铁等
尿频 怀孕的早期和晚期尿频是很常见的，因为扩大的子宫会压迫膀胱	■不要喝茶和咖啡，这些都有利尿作用 ■当你小便时尽可能排空膀胱 ■如果小便时有疼痛感或灼热感，要去找医生看是否有感染

2

健康饮食

　　怀孕期间,保持平衡饮食是件很愉快的事而不是令人烦恼的事。你所吃的东西将会变成你的宝宝的营养成分,因此要确保从怀孕的第一天起,你所摄入的食物能储存足够的必需的营养物质。健康的饮食能保证你自己的健康,并能满足怀孕和分娩的需求,还能为哺乳宝宝做好准备。

了解食物的组合

　　没有任何一种食物对健康来说是必不可少的,也没有某一种食物能提供机体需要的所有营养成分。平衡的饮食含有足够的碳水化合物、蛋白、脂肪、维生素和矿物质。有5种主要的食物种类含有这些成分,每一类食物的每天摄入量都有一定的范围。如果你每天从这些食物种类中各选择一种,并按建议的摄入量摄取,你就拥有一个健康和平衡的饮食。如果你不喜欢某个种类中的某种食物,或是孕期对某种食物产生厌食,也不要担心,还有其他的健康食物可以选择。

热能

　　虽然怀孕时比平常需要更多的热能,但是身体活动量和代谢率的降低将可以补偿需要量的增加。总的来说,每天大约需要摄入比维持孕前体重需要的热能多850－1250千焦,这仅适合于最后3个月。如果一开始怀孕,你的体重就偏轻,可能需要更多的热能。

　　所有的食物均含有热能,但是有些食物如糖、脂肪以及精制的食物含热能很高,但是营养成分却很低。其他食物如谷类产品或水果,热能相对较低,但是有较多的营养成分(大多数热能来自这些食物)。多数膳食以下页食物金字塔底层的碳水化合物为主。这些食物不会使人肥胖,除了碳水化合物以外还有其他的营养成分,而且通常都比较便宜。

　　为了获取额外的热能,你可以在两餐之间吃一份点心。关于健康的点心详见第31页。

特殊饮食

　　如果你是个素食者,知道自己怀孕时应该与医生、营养学家或饮食学家商量,因为你可能需要补充维生素和矿物质。

这个食物金字塔列出了5大类食物，根据金字塔的形状来调整摄入的食物量，金字塔顶端的食物少吃些，底部的食物要多吃些

脂肪、糖类、盐和酒精

这些东西尽量少吃，它们所含的营养成分很少

畜肉类、禽肉类、鱼类、豆类和坚果

这些食物提供：蛋白质、维生素A和B、纤维素（坚果和豆类）、铁和锌

所需摄入量：每天2—3份（每份相当于50—70克肉或鱼、2个蛋、2汤匙花生奶油、1/2杯豆类）

乳制品

这些食物提供：钙、蛋白质、维生素A（全奶制品）、锌、镁和碘

所需摄入量：每天2—3份（每份相当于40克乳酪、200毫升牛奶或酸乳酪、1/2碗酪农干酪）。

蔬菜

这些食物提供：纤维素、维生素A和C、叶酸、钾和铁

所需摄入量：每天3—5份或更多。从深黄色或绿色叶子的蔬菜中选择一种来补充维生素A（每份相当于一碗绿色蔬菜、1/2碗熟胡萝卜或南瓜、175毫升果汁）

水果

这类食物提供：纤维素、维生素C、钾

所需摄入量：每天2—4份或更多些。从柑橘类水果、西红柿或其他富含维生素C的水果中选择一种（每份相当于中等大小的苹果、梨或橘子、90毫升果汁）。

面包、谷类、面食和大米

这类食物提供：蛋白质、纤维素、热能、维生素和矿物质。

这类食物含有大量的纤维素，包括全麦面包、烤土豆和小麦或燕麦粥早餐，后者通常富含维生素和铁

所需摄入量：每天6—11份（一份相当于1片面包、1/2块英国松饼或小百吉饼、30克谷类、1/2碗米饭或面食）。

必需的营养素

　　下面的表格将有助于你改变饮食习惯，在每天熟悉的饮食中找到所需的营养素。

营养素	功能	最佳来源
纤维素	有助于防止便秘和痔疮。但摄入太多会干扰铁和钙的吸收	全麦面包和面食、谷类、土豆、水果、蔬菜、豆类和豌豆
钙	有助于肌肉的功能发挥，免疫系统的正常工作以及骨骼和牙齿的构建	乳制品、深绿色蔬菜、蛋和鱼。每天至少需要1200毫克
锌	有助于生长和发育	肉类、乳制品、牡蛎、全麦面包、谷类、豆类和坚果。
铁	有助于红细胞的生成，红细胞能将氧气送到组织和胎儿。铁缺乏会导致贫血，引起疲劳和气促	牛羊肉、富含脂肪的鱼（如沙丁鱼罐头）、燕麦粥、豆类和豌豆、南瓜、杏干和绿色蔬菜。如果要服用铁剂，应先让医生检查一下，因为过量的铁有毒性作用。铁剂应放在小孩够不着的地方
维生素	有助于维持全身的健康状况，但是只需小剂量	平衡饮食（详见第29页）一般能提供机体所需的营养素，但是在怀孕的早期12周要补充叶酸（详见第11页）。过量的维生素A会对胎儿造成伤害

2

改变饮食习惯

如果你的饮食习惯是健康的，只需稍微进行调整就可以确保能摄入足够的营养物质。如果你不习惯于有规律的饮食方式，或者喜欢吃一些没有营养成分的食物，要设法逐步改善你的饮食。

■每天尽量从这几类食物的每一类中都选一些食物食用。

■一天三餐要有规律，如果觉得这样有困难的话，进食的次数和量可以灵活些。例如，如果你不想吃早餐，可以在上午吃一点有营养的东西。

■一天至少要喝6－8杯饮料。尽量多喝水、低脂牛奶，少喝碳水化合物饮料和咖啡。

■如果没有时间的话，可以不要煮饭，健康的快餐（详见下文）也与煮的饭一样有营养。

■为了避免摄入过多的饱和脂肪酸，应限制全脂食品，多吃些低脂食品。

■要多吃干果，少吃甜食。

■烹饪时少加些盐，不要吃高盐的食品。

■少吃加工过的食物，如馅饼、炸土豆片、蛋糕和饼干、糖果等。

■如果你吃含铁的食物（如牛羊肉等）同时，也吃一些含有维生素C（如水果和蔬菜）的食物，铁就更容易被人体吸收。用餐时喝茶或喝咖啡会减少铁的吸收。

健康快餐

如果你饿了或是没有时间做饭，不要吃加工过或精制的食品。应吃些含有丰富营养成分的快餐，而不是那些只有热能的食物。例如：

■三明治，夹有乳酪、富含脂肪的鱼、煮透的蛋、煮熟的肉和色拉、香蕉和花生酱等。

■全麦烤面包，带有奶油干酪、酵母膏、花生酱或大豆。

■新鲜水果或干果。

■天然蔬菜，可以蘸点奶酪或豆沙。

■低糖、低脂、新鲜的酸乳酪，再加些新鲜或罐头水果。

■带有色拉的比萨饼。

■烤土豆，加一些碎奶酪或酸奶酪。

■可口的奶酪饼干。

■一杯低脂牛奶和几片水果或胡萝卜蛋糕。

■核桃和干酪。

■加有水果的全麦燕麦粥。

妊娠反应

在怀孕前期的3－4个月期间，常常出现恶心、呕吐即所谓的妊娠晨吐，这个反应可发生在一天中的任何时候。妊娠晨吐的严重程度因人而异，有的只有轻微的恶心感，而有的却可能出现严重的呕吐。对有些女性来说，妊娠晨吐是怀孕时最不能忍受的，但是并不是所有的女性都会出现妊娠反应。妊娠反应通常在12－14周时就会消失。

原因

孕妇妊娠反应可能是由于怀孕的前3个月HCG增高引起的（详见第23页）。随着孕期的发展，HCG水平降低，妊娠反应也减轻。虽然也有少数女性怀孕的整个过程都有恶心的感觉。

在怀孕的头3个月，也有一些刺激因素会诱发妊娠反应，如精神压力、浓重的气味、铁剂等，还有消化不良以及一些令人不喜欢的食物及其味道。

如果妊娠反应特别严重或持续时间超过16周，应找医生或助产士咨询。

替代疗法

戴上有针灸作用的腕套，或是应用顺势疗法如服用吐根制剂或马钱子等，在治疗恶心方面可能还是比较有效的。

注意

如果孕妇出现严重的呕吐，孕妇无法进食并且体重减轻，即所谓的妊娠剧吐，应该找医生进行治疗。200个孕妇中有一个孕妇会出现这种情况。妊娠剧吐的治疗通常比较容易见效，而且母亲和胎儿一般不会受到长期的影响。只有极少数的患者需要住院治疗。

如何对付妊娠反应

　　有许多简便的方法可以帮助你来对付妊娠反应。尝试以下的一些方法可能对你有所帮助。如果你经常呕吐，常刷牙可能对你有好处，呕吐物含有一些酸可能对牙齿的健康有影响，常刷牙有助于防止牙齿受到腐蚀。

■多给自己一些时间呆在安静的地方。

■当你觉得饿的时候吃一些喜欢吃的东西。

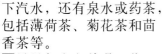

■只要能吃得下就尽可能吃。

■少量多次吃些碳水化合物的点心如烤面包、水果、饼干或土豆等。

■不要吃一些高脂的食物或是不喜欢吃的食物。煮东西的味道也不要太浓。

■多吃一些富含维生素B_6的食物：包括香蕉、金枪鱼、土豆、麦麸、葡萄干和黑芝麻。

■多吃些薄荷糖、大麦糖、姜味糖，或者嚼些含有薄荷味的口香糖。

■除非是医生开的药，否则尽量少吃药。

■如果橙汁或水令你恶心的话，可以试一下汽水，还有泉水或药茶，包括薄荷茶、菊花茶和茴香茶等。

■早晨起床之前喝一些水，吃些食物如饼干或面包。然后在床上呆20分钟左右以助于消化。

■起床前慢慢坐起并在床沿坐几分钟。

轻微不适

　　多数孕妇在怀孕的某些时候会有轻微的不适感。虽然很少女性能完全摆脱这种不适感，但是多注意些全身健康状况将会减小这些不适感的影响。有时候，一些不适症状也可能是某些严重疾病的征兆，因此如果你对自己的健康状况较担忧的话，应该经常咨询医生或助产士，或者你尝试了一些简单的自助方法后仍不能缓解症状时，也应该去咨询。

疼痛

　　这种症状比较常见，主要是由于激素使关节松弛、长大的胎儿使韧带伸张所致。肋骨痛是由于子宫长大将肋骨上推所致。
　　将双臂向头上伸展可以缓解肋骨痛。

腰背痛

　　怀孕的任何阶段都可能会出现腰背痛，在怀孕的最后几周尤其如此。腰背痛常常是由于激素为机体分娩做准备而松弛骨盆关节和韧带，以及随着胎儿长大，腰背部肌肉张力改变机体的平衡所导致。严重的腰背痛应找医生和助产士检查。有时肾脏感染也会引起腰背痛。

　　捡东西时注意屈膝，不要提重物，这样有助于防止腰背痛。坐时可以用垫子垫在背部的凹处，站时要注意姿势并站直，并尽量穿低跟的鞋子。

　　如果患有腰背痛，在疼痛的区域可以进行热疗或冷疗，并且保证充分的休息；也可以进行按摩，或是咨询医生、助产士或理疗医师是否有一些特殊的腰背部的锻炼可以缓解背痛。

静脉曲张

静脉曲张主要是由于体重增加及激素作用的结果，虽然并不十分严重，但是会引起腿部疼痛。为了缓解静脉曲张，不要站太长时间，坐时尽可能抬高双腿。使用支持性绷带也有助于缓解静脉曲张，但是要在早晨起床之前绑上绷带。

外阴部静脉曲张也不少见，如果出现这种情况，睡时可以稍微升高床尾从而减轻外阴部的压力。

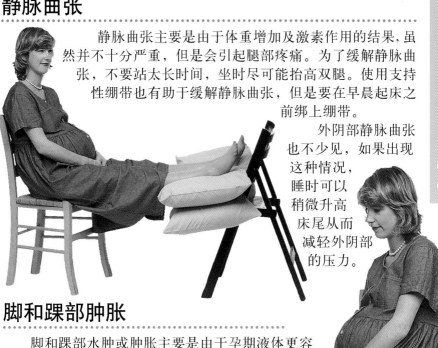

2

脚和踝部肿胀

脚和踝部水肿或肿胀主要是由于孕期液体更容易潴留所致，活动了一天之后以及天气较热时特别明显。增加脚部活动（见第54页）、避免长时间站着或坐着、绑支持性绷带、穿舒适的鞋子并尽可能将脚抬高休息等可以缓解水肿。如果出现手和脸部水肿要向医生说起，因为这可能是子痫的先兆。

痒感

腹部的皮肤被牵拉后会引起痒感，这在怀孕晚期比较常见。在干燥的皮肤上涂点面霜或炉甘石液有助于消除痒感，另外，不要用肥皂清洗皮肤。衣服应选择天然纤维制作的浅色的衣服，天气冷时多穿几件，不要穿有弹性的贴身衣服如莱克拉弹性纤维等。极少数情况下，肝脏疾病会引起痒感，因此如果皮肤特别痒或是皮肤变黄要咨询医生或助产士。

其他不适

随着孕期的进展，还有一些其他的不适会困扰着你。这些不适多数都比较容易解释，而且很快就可以缓解，但是如果某种不适持续存在，应该找医生看一下。

不适	解决方法
晕厥　如果体位突然改变引起血压下降会出现昏晕，血糖降低也会这样。妊娠晚期时，背部朝下躺着也有可能会感觉昏晕	■坐着或躺下后要缓慢起来，松开紧身衣服，并在前额放一条凉的湿毛巾 ■妊娠晚期时避免背朝下躺着 ■避免长时间不进食，因为这样会引起低血糖 ■避免吃甜食，吃一些健康的点心如三明治或香蕉等（详见第31页）
鼻出血　孕期由于鼻子的血供增加，所以会出现鼻出血	■轻轻地捏住鼻梁下部的鼻孔，持续至少5－15分钟。 ■如果鼻孔干燥，可以轻轻地用棉签涂些凡士林 ■如果出血不止，应找医生
鼻窦变敏感并肿胀会导致头疼和鼻塞	■吸入蒸气有助于缓解鼻塞，可在水中加1－2滴的桉树油或薄荷油
消化不良和胃痛主要是由于激素松弛胃部肌肉所致。常常在晚上或躺下时更加明显	■想办法弄清楚哪些食物会引起不适，并避免吃这些食物 ■少吃多餐 ■不吃辛辣、过冷的食物以及油炸食品 ■吃饭时坐直，睡觉时侧卧 ■咨询医生是否可服用抗酸剂
手麻木感　通常是由于增大的子宫压迫神经所致	■改变姿势，或是将手抬高到头上方 ■将麻木的手放在床的一侧或是用力摇摇手
头痛　怀孕期间比平常更容易出现头痛，这可能是由于激素的影响	■散步 ■放松自己（详见第58－61页） ■如果有必要的话，可以要求医生开一些安全的止痛药。如果头痛严重或是伴有呕吐或水肿，要与医生联系

不适	解决方法
压力性尿失禁　是在你笑、咳嗽、打喷嚏时出现尿液的漏出。这是由于骨盆底部肌肉较弱引起。主要发生在怀孕的最后几个月或分娩后。	■进行骨盆底部的锻炼（详见第55页） ■如果有必要可以使用清洁的衬垫 ■一有排尿的欲望就立即排尿 ■设法彻底排空膀胱
肌肉痉挛　可能是由于机体的化学物质和激素改变引起的。	■伸腿时不要用脚尖指点，这样会激发痉挛 ■睡前沐浴时轻轻地按摩小腿肌肉有助于缓解夜间痉挛 ■如果发生痉挛，可以把腿伸直，把脚往上牵拉 ■按摩腿部
骨盆疼痛　是由于韧带松弛和牵拉所致。	■躺下休息 ■洗个热水澡 ■让你的爱人帮你按摩 ■尝试一些柔和的锻炼（详见第54-55页） ■如果疼痛严重或异常，应咨询医生或助产士。如果骨盆疼痛非常严重，可能需要充分的休息
便秘　很常见，可能是孕激素作用的结果。在怀孕晚期，增大的子宫压迫肠会使便秘更加严重。	■保证饮食中含有足够量的高纤维素食物（详见第30页） ■要摄入足够的液体（特别是水和果汁） ■每天都要锻炼，散步、骨盆底的锻炼以及其他一些安全的孕期锻炼都会有好处 ■如果一直便秘，可以要求医生或助产士开一些轻泻剂
痔疮　是直肠周围和内部肿大的静脉，在孕期比较常见。有痒、痛、排便时疼痛和出血等症状。便秘时症状加剧。	■防止便秘（如前所述） ■戒烟 ■进行有规律的锻炼并学会放松 ■用温水或湿棉纸来擦拭而不用普通的纸张 ■用柔软且冷的金缕梅、泻盐或冰袋外敷 ■也可以试用痔疮膏或栓剂 ■如果经常出血应找医生检查

2

体形改变

随着身体逐渐变大，想要舒适些有时还真是一个问题。有些衣服和鞋子开始变得太紧了，你可能想知道该穿些什么。腰围变大了，要找一个舒适的睡觉姿势也变得困难了。但是这里还有一些方法可以让你整个孕期都会舒适些，而且看起来都那么漂亮。

穿些什么

■怀孕的前5个月，没有必要买一些特殊的衣服。如果平常穿的衣服比较宽松或腰部有弹性都可以穿。

■穿一些宽松的棉质衣服，如宽松的圆领衬衫和毛线衫，腰围有弹性的裙子和宽松合适的衣服，也可以穿你爱人的衬衫、毛线衫和衬裤等，这些衣服都比较大、宽松。

■紧身的衣服对胎儿不会造成危害，但是腰部太紧的衣服穿起来很不舒服，而且随着体形变大，还会限制呼吸使你觉得眩晕。也要注意不要穿限制腿部血流的衣服，如高到膝部的袜子或紧身的内裤。

■你可能会比平常更容易觉得热，因此穿一些较轻的、宽松合身的棉质或其他天然原料制成的衣服是最好的。如果天气比较冷，就多穿几件。

■鞋跟低的鞋子与平跟和高跟的鞋子相比，对你的腰背部和全身都更有好处，高跟鞋是很危险的。怀孕五六个月之后，你可能会发现你要穿宽点或大半号的鞋子。天然原材料如皮或帆布等制成的鞋子可以让脚接触空气。

■如果裤子或裙子穿起来舒适，样式也不错，可以用带子取代腰部的松紧带，这样腰围变大时带子松开些仍可以穿。

■也可以问问你那些已经生了小孩的朋友是否有不穿的衣服可以送给你穿。

买些什么

■如果你准备用母乳喂养宝宝，要买2－3件合身的支撑性良好、方便哺乳的乳罩。买这些衣服时要先测量一下，因为当你分泌乳汁时很难判断胸围会有多大。

■1－2双大半号或宽点的鞋子（特别是怀孕的最后几个月正好是夏天时）。

■如果你准备哺乳的话，要买2－3套在前面开口的睡衣（在医院时你需要用到这些衣服）。

■买一些特大号连裤袜或是一些支撑良好的连衣衬裤，而不要买那些价格昂贵的紧身裤袜。

■可以穿比基尼式的短衬裤，或是宽大、有弹性的衬裤，这种衬裤可以往上拉，将整个腹部都包住，比普通的衬裤舒服。最好要买棉质的衬裤，至少裤裆处要是棉质的。

■所买的衣服和乳罩要在前面有开口，以便哺乳，分娩后在这些有开口的衣服外面还可以再穿一些衣服。

■有些邮购公司专门销售孕妇的服装，可以考虑搭配选购。

2

好好休息

　　到了怀孕的最后几个月，睡觉也会变得很困难，因为很难找到一种舒适的姿势。此外，体重增加也会让你觉得很疲劳。下面这些建议对失眠和疲劳可能有点帮助：

■睡觉前用加几滴薰衣草油的温水洗澡有助于放松自己。

■白天打一会儿瞌睡或稍微休息一下也有好处。

■采取一些放松的技巧。

■朝一边侧睡，一条腿屈曲着，并在膝下垫一个枕头，如果你觉得舒服的话还可以在腹部下垫一个枕头。

旅行

　　总的来说在孕期旅行是安全的，但是有时你可能会觉得很疲劳。如果你准备长途旅行，那么要好好计划一下你的旅程。在孕期的前3个月，你可能会出现恶心或呕吐，在整个孕期，尿频也是在长途旅行中的一个问题。

　　长途旅行最合适的时间是孕期的第二个3个月。这时，身体已经开始适应怀孕，你会觉得处于最佳时期。晨吐反应已经好转，你可能会更有精力长时间坐车。

2

带些什么

如果你想离开一天以上，要带上你的孕期记录卡，以防急症需要找医生看病

抗菌或药物处理过的手巾以便在不能洗手时用

一些轻便的、健康的点心和饮料，这样如果你需要的话就可以吃到（详见第31页）

如果阴道分泌物较多，或有压力性尿失禁，要带些卫生垫或衬裤

驾驶

如果你是开车旅行的话，系好安全带是最基本的。安全带系得太高，横过腹部，在事故中，对你和你的胎儿是有危险的。系安全带最安全的方法就是让肩带穿过两乳房中间，让腰带绕过大腿，绑在腹部下面。避免在高峰期开车，这样才不会吸入大量烟尘。长期旅行中每隔一两个小时都要稍微休息一下，四处走走以伸展一下你的腿。

2

空中旅行

如果在怀孕的晚期你想旅行，要让医生检查，看看发生早产的几率。大多数航空公司限制离预产期小于4周的孕妇乘机。航空公司安全检查所使用的金属探测器对胎儿是没有伤害的。即使你不是个孕妇，空中旅行时也会出现脚肿，因此要特别注意不要穿太紧的鞋子。经常走动并伸伸腿。

旅行提示

■设法将长途旅行分割成几个容易对付的短程旅行。

■穿些宽松的、舒适的、不约束自己的衣服。

■记住要经常排空膀胱。

■不要服用未经药剂师和医生确认为安全的抗晕车药。

■如果你打算离开家一段时间，需要暂时与目的地的医生预约。

■如果你要去国外旅行，要咨询医生应注射些什么疫苗、孕期注射这些疫苗是否安全。如果可能的话，最好不要去那些传染性疾病如疟疾或霍乱等流行的国家。

健康提示

　　孕前的健康、孕期的健康将能使你宝宝的生活有一个最好的开端。这一句话作为你孕前和孕期生活的指导，才能确保你和你的宝宝获得你们需要的所有营养物质，并尽可能避免一些潜在的危险因素。

你准备怀孕时

■在你准备怀孕的前3个月以及孕期的前12周，每天补充叶酸（至少0.4毫克）。

■检查一下你对风疹是否有免疫力。

■咨询医生是否要进行遗传筛选或其他检查。

■戒烟并放弃服用不必要的药物，限制酒精的摄入量。

你已经怀孕时

■戒酒或限制其摄入量。

■不要吸烟，避免呆在有烟尘的房间里。

■如果需要进行X线检查，要告诉医生你已经怀孕了。

■不要服用不是医生开的药、维生素、矿物质补充物、草药以及含有芦荟、款冬、三色堇、甘草、肉豆蔻、薄荷、檫木和艾菊等的药茶。

■不要接触患有流行病的病人。

■不要接触化学品、含有铅的油漆以及其他毒性物质，也不要将含有氨和氯的家用清洗剂混合在一起。

■清理猫窝和花园时要戴上手套，羊生羊羔时不要与羊和羊羔接触。

■饮食要平衡。储存和准备食物时要特别小心。

■要彻底洗干净水果和蔬菜，即使买的是净菜也一样。

■不要吃生的或还未煮熟的蛋以及含有这些蛋的食物。

■不要吃肝脏或肝制品，如新鲜的鹅肝酱和肝泥香肠。

■不要随便补充鱼油。

■不要吃未熟的奶酪如法国布里白乳酪、卡门贝浓味软乳酪和蓝条纹的奶酪。

■不要吃已过期的食物。

■减少甜汽水和咖啡因（咖啡、茶、巧克力和可乐）的摄入量。

■食物煮时要熟透。

■开车旅行时要正确地系好安全带。

■如果感觉不舒服、确认怀孕后出血、晨吐反应一直持续或特别严重，或是有其他的困扰，应该咨询医生。

锻炼和放松

在怀孕期间，有规律的锻炼和充分的休息再加上饮食的平衡将有助于你保持良好的健康状况。锻炼可以改善你的循环，使你更灵活，让你保持精力充沛并增强肌力。孕前和怀孕期间进行适当的锻炼对于限制体重的增加、缓解背痛都有好处，使怀孕时出现的一些斑纹减少到最低水平，有利于产后较快地康复。血液循环的改善能减轻一些常见的孕期症状，如静脉曲张、便秘以及血压增高等。下面谈到的一些锻炼将能让你在孕前、孕期和分娩后更加健康。

紧张和焦虑对你很不利，而且也会影响你的胎儿，还会引起头痛、肌肉紧张和腰背痛。锻炼能让你放松，减少紧张并缓解分娩时的疼痛。

让自己更健康

　　健康的女性在怀孕和分娩时比不健康的女性更轻松。如果怀孕前你经常锻炼，怀孕期间你就更可能坚持下去。在孕前3个月，就应该进行有规律的锻炼（一周至少3次）。如果你生病了或是有生理上的缺陷，可以找医生咨询一下。如果你已经怀孕了，进行任何锻炼之前都应该询问医生。

进行哪些锻炼

　　当你在从事一些自己喜欢的活动时，要记住自己更应该进行一些针对孕妇的锻炼。

■适当的锻炼如一天散步半个小时是很有好处的，走路上班或是乘坐公共汽车或地铁前走一两站路等等。

■进行一些你读书时就很喜欢的运动，或是你一直都想学的项目。游泳、打网球、高尔夫球、有氧运动或伸展运动等都可以考虑。

■也可以骑自行车（或是在体育馆里进行骑车锻炼，或是考虑自己买一辆）。

■还可以从事园艺方面的活动。带邻居的狗散散步，或与朋友或邻居的小孩打打球也很不错。

■买一条跳绳在花园中锻炼。

■参加舞蹈班或自己播放一些喜欢的歌曲在房间里跳舞也很好。

安全锻炼

■在开始锻炼计划之前要先请医生检查。

■在开始锻炼之前先热身，锻炼后要慢慢平静下来。

■吃饱或空腹时不要锻炼：在锻炼前大约半个小时，吃些高糖的点心，如香蕉或米糕等。

■要明确教你锻炼的老师是否有相应资格。

■锻炼时要穿合适的鞋子，使用合适的器械，衣服要穿得宽松点。

■锻炼时不要超过极限。如果你觉得喘不过气来、筋疲力尽或出现疼痛就立即停止锻炼。

■如果锻炼有效，你就会出汗，因此要多喝水。

基本的锻炼体位

　　锻炼时如果姿势不对会导致肌肉损伤。此外，怀孕时，体形发生改变不成一条直线，了解正确的姿势会有很大的收获。锻炼时要注意以下几个方面：

■站时脚张开与肩同宽（除非有特殊说明），脚尖稍微朝外。

■收腹。

■肩膀放松自然下垂。

■保持膝部在脚的正上方。

■髋部保持平直，并保持在膝部的正上方。

3

孕前耐力的锻炼

　　有氧锻炼会让你喘不过气，并增加心率，这样能够加强你的耐力，促进你的血液循环，提高你的代谢率，也会让你有良好的感觉。有些需氧锻炼还会提高全身的力量。有益的有氧锻炼包括：

■轻快稳定的步行（大约8公里／小时的速度），爬一些小山就更理想。

■游泳：戴上有蹼的手套以增加推进力，这样会增强手臂的力量。如果你喜欢游泳，你也可以进行水中的有氧锻炼。

■慢跑：以9.5公里／小时的速度跑步是最佳的。

■低冲击的有氧锻炼、踏步、健美操。高冲击的有氧锻炼会对腿部造成损伤，只能在健康状况良好的时候进行，怀孕时不要进行这种锻炼。

■骑自行车：户内或户外都行，这也能增强腿部的力量。

■一些使用球拍的运动如网球、羽毛球和壁球等。

■跳绳：买一条合适的运动用的跳绳，甩绳子时应该不费力气。

■划船：这也能增加手臂和腿部的力量。

孕期锻炼

如果你的孕期进展正常，没有并发症，适当有规律的锻炼是安全的，而且对你的健康很有好处。它会改善你的血液循环，使你的肌肉更加强壮、关节更加灵活。锻炼也能缓解怀孕时出现的一些不适感，如便秘和疲劳等，帮你放松自己。如果你的身体很健康，怀孕、分娩和产后康复就可能会比较顺利。

孕期锻炼指南

整个怀孕过程中，多数锻炼都是安全的，但是让产科理疗医师、助产士或医生检查一下是有好处的。除了按照第48页的锻炼指南进行锻炼外，怀孕时还应特别注意以下几个方面：

■避免震动性、高冲击的运动。怀孕时全身的肌肉都比较柔软，有撕裂和扭伤的危险。因此，锻炼场所的地板最好要有点弹性。

■如果你参加某个锻炼班，老师要有资格证书并要让他们知道你已经怀孕了。

■少量多次喝水以防止脱水。经常吃些高糖的点心，每次少吃点，如果你患有胃病的话更应该这样。

■很热或很潮湿的天气不要锻炼，也不要让自己太热。如果感觉热，要让自己凉下来，因为身体热时会分流本应供给胎儿的血液。

■穿适合锻炼的合身的支撑良好的乳罩，保证鞋子合脚，如果你自己不是很明确，可以找别人指导一下。

■检测自己的脉搏：不应超过每分钟140次且持续15分钟以上。

注意

如果你有习惯性流产的病史或有并发症，锻炼时要特别轻柔、适当。有些医生建议这些孕妇好好休息，完全不能运动。

如果有以下这些症状应立即停止锻炼：

■阴道出血	■肿胀或麻木感
■羊水漏出或流出	■腿疼
■疼痛感	■行走困难
■子宫收缩或腹部疼痛	■持续头痛
■恶心、眩晕或昏厥	■视觉障碍
■气短	■胎动减少
■心悸或心跳过快	■过度劳累

孕期运动

游泳和水中锻炼	游泳是一种很好的锻炼身体的方式，游泳时水能将身体浮起，从而全身的肌肉都能得到锻炼。经常一周多次游泳的女性在宝宝出生后，腹部的肌肉仍很发达。你也可以参加一些其他的安全的水中锻炼，这在保持和提高孕期的柔韧性方面也是很好的
慢跑或跑步	如果你在怀孕之前经常跑步，怀孕时可以持续下去。跑步一天不要超过5公里，也不要跑得太热或太疲劳，而且要喝足水分。应特别注意的是，要穿软底、弹性很好的鞋子。可能的话，可以在软垫上跑而不要在坚硬的地面上跑。随着孕期的进展，你可能会觉得跑步也越来越困难了
有氧锻炼	如果你经常参加有氧锻炼，应让指导老师知道你已经怀孕了。怀孕时进行有氧锻炼可以用来保持你的健康而不是增强健康，不要过度锻炼，而应该控制在你锻炼时与别人谈话仍不气喘
骑自行车	如果你觉得骑车挺舒服的，怀孕时可以继续骑车。对胎儿来说，最危险的是发生意外的事故引起流产或早产。在怀孕的晚期，体形的改变可能会使重心更不稳定。骑车要尽可能避开公路的主干和繁忙地段，这些地方交通污染比较严重
骑马	许多女性孕期骑马。你可以咨询医生骑马是否适合你
溜冰	溜冰时不要跳跃
滑雪	用力往下落时是很危险的，会对胎儿造成危害。怀孕时并不提倡参加滑雪
水上运动	一些水上运动如水橇、水下呼吸器潜泳和平台跳水也不提倡

3

伸展运动

　　孕期进行伸展运动是一种锻炼，也是一种放松的方法。简单的伸展运动也可以作为激烈锻炼前的热身运动，也有利于在锻炼后让自己平静下来。伸展运动也能缓解一些不适感如头痛等，并能增强肌肉的健康，还能舒张骨盆，为分娩做准备。

总的指导

　　总的来说，只要你稍加留心，伸展运动是安全的。

■如果你没做过这个运动，可以循序渐进，开始时每天做5分钟是最好的。

■不要跳跃或是急剧运动，应该平稳地做每一个动作。

■当你要伸展和放松时要深呼吸。

■要注意怀孕期间松弛素会使运动的幅度增大。由于其长期效应尚不清楚，伸展的范围不要太大，不要增加运动的幅度。

■保持一个姿势像平常那么长时间可能会很疲劳，如果是这样，可以改为每次时间短些，多重复几次。

■怀孕中期后，不要背朝下躺着锻炼，这样胎儿会压迫大血管，使你感觉眩晕。

■所有的这些运动都要注意自己的呼吸，决不要屏住呼吸。

3

手臂的伸展

　　这个锻炼能帮你将肋骨从膨胀的子宫向上移。

1 以一种舒服的体位坐着：可以双腿交叉坐在地上，也可以双腿向前伸直靠墙而坐。

2 把双手放在肩上，然后上举。

3 一边的手臂伸得比另一边高，到达最高限度。放松后，另一边手臂重复这个动作。重复10次。

4 举起双手臂，将手臂朝下转到肩膀水平，让手触到肩后再举起手臂。重复10次。

肩膀的舒展

可以缓解胃痛和肩膀的张力。

1 站直，抬高右臂，手朝下放在两侧肩胛骨之间。

2 同时将左侧肘部弯曲，左手向后背伸。如果可能的话，触摸或扣住右手的手指（如果不能到达另一只手，使用一条绳子并设法使两手握住两端）。正常呼吸，数到5就可以放开。

3 左手放在肩膀上方重复上述动作。

4 可以轻压肘部以增加伸展的幅度。

3

猫样伸展

能放松背部和肩膀的张力。

1 跪在地板上。臀部抬高，头部朝前趴着。缓慢将手向前移动让手臂伸展在身体的前面。不要弓着背，正常呼吸，数到5。

2 上半身慢慢地朝向大腿方向移动，让臀部靠在脚跟上。重复3－4次后慢慢坐起来。

柔和的锻炼

如果你不想或是不能进行一些运动、参加锻炼班或是积极地锻炼，仍可以做些柔和的锻炼，来保持自己孕期的健美体态，增强柔韧性和协调性。除非有特殊强调，以下这些锻炼均适合孕妇锻炼。但是随着胎儿长大，有些锻炼做起来会让你喘不过气来。特别是在怀孕的最后两三个月，由于灵活性和平衡发生改变，锻炼就更困难了。可以选择一些不会加重不适的锻炼来进行。

大腿内侧的伸展

强壮、柔韧的大腿能使你更加灵活，如果你要以站着或半蹲的姿势分娩，强壮和具有柔韧性的大腿是必不可少的条件。

1 背部挺直坐在地上，尽可能分开双腿（以舒适为度），肩保持后仰。

2 腰部向前倾斜，缓慢将手移到身体的前方。当你感觉到大腿内侧有一定程度的张力时，数到5，然后放松。恢复到原来的姿势并重复3次。

抬高大腿

能加强大腿的力量并提高全身的灵活性。

1 侧卧，下方一条腿的膝部稍弯曲，用手的肘部支撑着头。

2 缓慢抬高上方的腿，并伸直，但不要让膝部僵硬。将腿抬高到舒适的高度，数到5，然后放下。重复3次，然后锻炼另一侧。

蹲位

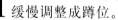

主要锻炼骨盆的肌肉并强化大腿内侧。这也是为分娩做准备的一种很好的体位，盆底肌肉锻炼时也可以采用这个体位。随着体形变大或是在保持平衡方面有困难时，可以扶着椅子的靠背或床缘来维持体位。

1 保持脚与肩同宽站着。屈曲臀部和膝部，缓慢调整成蹲位。

2 让背部挺直，脚平踩在地面，如果可能的话，坚持30秒。

3

大腿内侧的伸展

能伸展大腿内侧肌肉、增加骨盆和臀部关节的灵活性。

1 背部挺直坐在地上，两脚底对合，尽量将膝部往地面压。

2 握住脚踝，放松臀部，这样膝部就更容易靠近地面。持续几秒钟，随着这个动作越来越容易，持续的时间也可以长些。一天最好坚持一到两次。

上半身的伸展

1 腿分开坐在地上，屈曲左膝，左脚朝身体侧弯曲。用右手触摸右脚。

2 将左臂抬高到头的上方，并朝向右腿的方向，同时吸气。当你觉得自己的身体有一定的张力时，持续数到5。

腹部锻炼

怀孕期间，胎儿的重量主要由腹部肌肉（起于胸骨，止于耻骨）支撑着。如果腹部肌肉比较松弛，为了保护脊柱，背部肌肉的负担就更重了，这样会导致背痛。怀孕期间如果腹部肌肉较强壮、有弹性，不仅能保护背部，而且也有助于产后康复。

蜷曲（仅适合于怀孕的前3－4个月）

能加强腹肌的力量，怀孕时蜷曲或端坐时，腿部不要伸直。

1 膝部屈曲，背部朝下躺着，脚平踩在地面上。把手放在头的下面。吸气。

2 收缩腹肌，同时呼气，并缓慢地将头、肩和背部抬离地面。持续数到2，然后慢慢地回到地面。重复5－10次。

3 如果这样有困难的话，可以做个更容易的动作，将手臂放在大腿上然后吸气。呼气时，手臂朝着膝部移动，同时将头、肩抬离地面。缓慢地回到地面，重复5－10次。

膝下跪、倾斜骨盆

1 膝下跪，双手支撑在地上，背部与地面平行。

2 收缩腹部和臀部的肌肉，同时呼气，轻柔地将骨盆朝前倾斜并将背部拱起。持续几秒钟，然后放松。

站立位、倾斜骨盆

这个锻炼有助于骨盆灵活运动，为分娩做好准备。也能增加腹肌的张力，对缓解背痛很有帮助。你可以跪着、坐着或站着做这个锻炼，也可以柔和地扭动臀部来锻炼。

1 两脚分开，伸直，将一只手放在下腰部，另一只手放在腹部隆起处。

2 收缩腹部和臀部肌肉，轻柔地来回摆动骨盆。

孕期的姿势

孕期姿势不对，如臀部突出，腰部凹陷，会引起腰部疼痛，身体更加疲劳。长期穿高跟鞋或穿运动鞋不绑带子，长期用一边肩膀挎包，或是偏向一侧背小孩都会影响姿势。随着乳房变沉，乳罩如果不足以支撑乳房，肩部也会弯曲。因此一个好的乳罩也有助于健康。

良好的姿势可以利用腹部和臀部的肌肉来支持胎儿。

双脚分开与臀部一样宽，自然地站着，膝部放松并站直。肩膀自然下垂，手臂放松，放在身体的两侧。

想象有一根绳子放在你的头顶上，贯穿你的脊柱和颈部，保持脊柱垂直。收缩腹部肌肉，这样子宫就朝着脊柱的方向靠，而不是"坐"在你的前面。

记住要注意自己的姿势，收缩腹部肌肉。

3

注意

每一次锻炼（包括躺在地上的锻炼）之后，都要按照第61页所说，躺下来休息几分钟。然后缓慢起来，要用手先帮助身体跪起来或坐起来。如果你是躺在床上，可以双腿合并轻松地转向一侧。

其他锻炼

　　如果你过去不经常参加锻炼，或活动受到限制，或工作时要长期坐着，那么你需要设法加强肌肉的协调性和柔韧性。记住每天进行盆底锻炼（见下页），这个锻炼在任何时间和地点都可以进行，也可以试试下面这些锻炼，做些适合你的锻炼。例如，如果你不能出去散步，可以在原地走走。要知道，有氧锻炼并不一定需要剧烈的运动。

低冲击的有氧锻炼

　　能增强你的耐力，包括轻快地散步、原地踏步，还有游泳等。

原地踏步

1 锻炼时，先以正确的姿势站立（详见第45页）。开始原地踏步，抬起膝部，将重心从一只脚移到另一只脚。

2 加快步伐，看看你能将膝部抬多高。自由地挥动手臂。抬起手臂触摸肩膀。交叉手臂，让右手触摸左膝，左手触摸右膝。

3 向前走两步，第三步时拍手，然后向后退，重复以上动作。

脚和脚踝的锻炼

　　能够缓解肿胀，促进循环。

1 朝一个方向转动，每一只脚各5次，相反方向也转5次。

2 让脚练习写所有的字母，一只脚一次，腿保持不动，移动脚踝。

头部运动

1 轻柔地将头向前倾，伸长脖子，持续几秒钟后，抬起。

2 将头转向一边，脸朝前，低头，再抬起。依相同的顺序，向相反方向重复进行，不要让头朝后转。

肩部运动

1 缓慢地轮流向后旋转肩部几次，可以放松肩部并增加其灵活性。

2 将双肩抬起，再轻柔地压回去，然后自然下垂。

3

骨盆底锻炼

这是最基本的锻炼，但是简单却很有效，能增强膀胱和阴道周围的肌肉，有助于防止或控制分娩前后压力性尿失禁。一天中，每小时可以做几次，任何时候都可以很容易地做，例如打电话、站着、说话、洗碗、等公共汽车时等。为了看看肌肉锻炼的效果，当你上洗手间时设法憋住尿，这样做的目的只是为了明确你的锻炼是否正确，而不是作为一种锻炼的方式。

1 坐着、站着或躺着时，双腿稍微分开。

2 收紧肛周肌肉，就像要憋屁或憋大便一样。同时，收缩阴道肌肉就像要夹紧棉条或是憋住小便一样。

3 持续数到4，正常呼吸。然后放松并重复。每天尽可能经常这样锻炼。

分娩后

　　分娩后头几天，比较兴奋，还需照顾宝宝，你会感觉伤口疼痛，而且比较疲劳，所以不会想去锻炼。但是轻柔、渐进性的锻炼对于恢复体形是很重要的，也是能够立竿见影的。产后第一天就要开始锻炼，包括呼吸肌锻炼（详见下文）、脚的锻炼（详见第54页）和盆底锻炼（详见第55－57页）。盆底锻炼是你能做的最重要的锻炼，尽可能经常锻炼，每天至少30次。这个锻炼能防止小便漏出，有助于针口愈合并缓解会阴疼痛。还能收缩阴道的肌肉，使性生活更愉快。分娩后的第三天，可以增加骨盆倾斜（详见第52页）、腿部滑动和骨盆摆动这些锻炼。即使是剖腹产也可以进行这些锻炼。

呼吸肌锻炼

　　这是个轻柔的锻炼，能增强腹部的肌肉。进行其他锻炼之前可先做3次。

1 躺在床上，膝部弯曲或是坐在扶手椅上。肩部放松，将手放在腹部上，这样可以感觉到腹肌的升降，用鼻子缓慢地深吸气。

2 用嘴缓慢地呼气，同时收缩腹肌。

骨盆摆动

1 背部朝下躺在床上或地上，膝部弯曲并放松。

2 臀部绷紧，向上抬起，收缩腹部肌肉，让背部与床或地面成弧形。坚持一会儿后，放松。

腿部锻炼

1 背部朝下平躺，膝部弯曲，脚踩在床上。吸气，将一条腿伸直。

2 呼气，将腿再次弯曲。另一条腿重复同样的动作。

抬头

分娩后一周左右，腹肌锻炼可以由轻柔逐渐加强。

1 双腿屈曲，背朝下躺着，脚平踩在地面，手臂放在身体的两侧。吸气并放松腹肌。呼气，抬起头部，持续数到2，然后缓慢低下头。

2 如果你抬头10次仍不觉得累，也可以将肩部和上背部抬离地面。

3 如果将肩部抬起仍很轻松，就可以将整个身体曲起（详见第52页）。

肌间隙的闭合

怀孕期间，强壮的腹部肌肉可以帮助支撑胎儿的重量和你的脊柱。除非怀孕前肌肉弹性很好，否则这些肌肉就会伸展，在分娩后总是要分开些。产后肌间隙的闭合取决于肌间隙的大小与锻炼的强度，有的人分娩后几天就闭合了，有的人需几周。

腹部肌肉分离的检查：

■背部朝下躺着，膝部弯曲。

■一边手指放在肚脐下方，轻轻地按压。

■慢慢地抬起头和肩并将另一边手往前伸。如果你感觉到有手指宽或更宽的间隙或软组织块，说明肌肉之间已经分离了。

肌间隙的闭合：

■将头抬起（如前所述）。

如果在分娩后第6周，你仍然感觉到间隙的存在，可以找理疗医师推荐一些特殊的锻炼。

放松技巧

　　有些人更容易让自己放松。如果第61页中所说的最基本的放松锻炼对你没有效果的话，还有一些更正规的技巧对孕妇很有效。这些技巧中有一部分需要讲授，其他部分可自己在家中练习。

3

沉思

　　沉思要集中注意力让内心平静下来并使身体放松。正确的练习，能降低血压并缓解精神紧张和压力。虽然自己很难学会沉思，但有很多关于这方面的书和磁带，也可以去找老师学习。一天最好能沉思10－20分钟。

■沉思前半个小时左右不吃喝任何东西。

■找一个温暖、安静稍微暗些的房间。

■穿着宽松的衣服，背部挺直，找个舒适的姿势坐着。地上可放把椅子或是垫子。

■把注意力集中在呼吸上，或是房间里的某个物体上，或者重复一句话或某个音节。

■如果出现某些让你心烦或激动的事，随它们去，再把注意力集中在你所选的焦点上。

太极拳

　　太极拳是锻炼身体、姿势、呼吸的一种方式，能提高全身的生理和心理的健康。太极拳除了能帮助孕期放松之外，也能增加你的灵活性，缓解背痛。如果你想锻炼，可以找个老师学习，并让他知道你已经怀孕了。

按摩

　　轻柔的按摩不仅能够缓解紧张状态，放松自己，也能改善一些轻微的不适，如头痛、背痛等。如果有可能的话，怀孕期间可以请个有经验的按摩师进行按摩。也可以让你的爱人帮你按摩，这样身体上亲密接触也比较方便。也可以自己按摩肩部来缓解精神压力。

1 从上臂开始，轻柔地按摩和挤压肌肉，让自己放松。

2 从手臂到肩部，手指来回按摩。

3 最后用指尖轻轻敲打颈部到发际的肌肉。

3

用香料按摩

　　香料按摩利用从植物的不同部位提取出来的香精油进行按摩。香料按摩可用来治疗一些常见的疾病，如头疼、精神压力相关的一些疾病和失眠等。通过按摩，香精油可以渗入皮肤。热水浴、吸入或是冷敷、热敷也都可以使香精油得到吸收。怀孕期间进行香料按摩是很有好处的，但是要咨询有经验的香料按摩师，以确保你所用的油对孕妇是安全的。

快速缓解压力

　　如果你特别忙又没有足够的时间休息和放松，下面这些方法有助于缓解紧张。

■休息5－10分钟：舒适地坐在椅子上或是躺在地上（怀孕晚期不要背部朝下平躺着）。闭上眼睛，进行深且慢的呼吸，吸气用鼻子，呼气用嘴巴。协调地伸展全身的肌肉，然后放松。并设法不去想任何东西。

■休息2分钟：坐在椅子上，缓慢地深呼吸，并放松全身，想象如同布娃娃一样松软。

■如果你没有时间：进行深呼吸，将肩膀往耳朵上耸，持续1－2秒钟后放松，然后再前后摇摆几次。闭上眼睛用力皱眉，紧锁面部，持续几秒钟。再缓慢放松面部。

放松

　　无论你多么渴望为人父母，怀孕都会让你有很大的压力。你不仅要满足机体为了孕育一个新生命在身体和感情上的需求，还要考虑其他的事情，例如工作、经济问题，这些都会引起精神方面的压力。学会放松自己是减轻压力最有效的方法之一。下面是一些减轻压力的锻炼和方法，你都可以试试。但是要记住，如果你对某些事情特别担忧，与一些专职顾问谈谈会有帮助的。

简易放松方法

■与朋友或爱人聊聊天，可能你担忧的某些事情，他们很容易就能解决了。

■散步或游泳，锻炼能使机体合成内啡肽，就是所谓的快乐激素。

■看电影或看戏，或是看一本好书。

■听听音乐或看一片吸引人的电视节目或录像。

■洗个泡沫浴；睡觉前洗个热水澡，提高体温有助于入睡，这对夜间因担忧而睡不着的人特别有用。

■洗个热水澡，将压力抛到脑后。

■沉思或做一些放松的锻炼（见下页）。

■去做一下按摩，让你的爱人帮你按摩，或者你自己给自己按摩（见第59页）。

■买一张教授放松技巧的录音带或录像带。

■不要吃一些没有营养的东西或甜食，而应注意饮食的平衡。这些东西可能会使体温升高，但是也会引起某些营养的缺乏，加重你的精神压力。

■不要试图用抽烟和喝酒来缓解自己的精神压力。

呼吸和放松

　　紧张或焦虑的自发反应就是正常的呼吸方式发生改变，呼吸变得快、浅、不规则，这就是所谓的过度换气，会引起头昏眼花，加重焦虑感。如果分娩时出现这种情况，也会加重恐慌感，或是无法控制，从而就更难应付宫缩，加重分娩时的疼痛。另一方面，稳、流畅地呼吸能缓解紧张状态，让你放松。呼吸技巧是多数产前教育的一个不可缺少的部分。

如何放松

1 穿着宽松舒适的衣服，找一个温暖安静的房间，拔掉电话。舒服地坐着或躺在地毯或毯子上，侧头俯卧，腿弯曲着，两脚分开。

2 松开手让手指自然弯曲。下垂肩膀，并让下颌部放松。闭上眼睛，设法清空脑子，想象一个美好的地方。从脚尖开始，绷紧后放松身体的每一部分，直到全身软弱无力，变沉重时为止。

3 闭上嘴唇，用鼻子进行深而慢的吸气，让肺部充满空气并感觉到腹部肌肉抬起。慢慢地用嘴巴以吹气、叹气的方式将气体呼出。持续进行直到完全放松为止，并设法不去想任何东西。

4 有意识地将注意力集中在呼吸的节奏上，感觉气体从肺部流进流出。检查一下身体是否放松，如果还没放松的话，可以继续绷紧并放松那些部位。如果你觉得已经锻炼好了，要起来时，应用手和左膝先支撑一下身体。

5 将左脚平踩在地面上，用手支撑起身体。这种放松锻炼也是许多正规锻炼结束时的最佳的放松方式，也有助于恢复工作一天后消耗的体力。

健康提示

　　怀孕时有精神压力对你和你的宝宝是不利的。当你感觉到压力时，就应开始学习处理这些问题的策略。合适的、有规律的锻炼能够使你很容易地对付一些轻微的疾病，还有助于你的睡眠，并使你更加容光焕发，特别是在怀孕的第二个3个月里。

■采取一些简单的放松方法。

■怀孕的第4或第5个月以后，不要背部朝下平躺着。

■学会呼吸和放松锻炼。

■某些香料按摩使用的油并不适合孕妇使用，因此未咨询有经验的香料按摩师之前，不要随便使用。

■如果你的身体并不十分健康，或是有过流产史，或是有并发症，锻炼之前要让医生检查一下。

■锻炼时要注意呼吸，不能屏住呼吸。

■锻炼时要根据总的原则，注意自己身体的反应，不要勉强自己。

■锻炼是一种享受，而不是受罪。简单而适中的锻炼例如一天半个小时左右轻快的散步对身体是有好处的。

■锻炼或放松时要找个有经验的老师，并且要告诉老师你已经怀孕了。

■进行有氧锻炼时，建议时间不要超过45分钟，激烈的锻炼不要超过15分钟。

■如果锻炼时出现以下症状要停止锻炼并向医生咨询：

阴道出血
羊水漏出或喷出
各种疼痛感
挛缩或腹部疼痛
恶心、眩晕或昏厥
呼吸短促
心悸或心跳过快
出现肿胀或感觉麻木
腿部疼痛或行走困难
持续头痛
视力障碍
胎动减少
过度劳累

产前护理与分娩

怀孕时可能会比其他任何时候得到更多的医疗照顾。你要进行定期的产前检查来监测胎儿的生长和发育。为了证实你一切正常，还要做一些常规的检查。如果怀孕期间出现并发症或是高危产妇，就得进行特别的检查，需经常咨询保健方面的专家。如果不能确定某种检查有什么作用，有没有必要进行这种检查，可以与医生或助产士商量。

此外，产前检查也是为分娩做准备。多数情况下，分娩很顺利，但有时也必须采取某些措施。良好的产前教育能帮你对付分娩过程可能出现的意外事故，并了解每一个阶段可能发生的事。有些夫妇把这些事项制定成一个分娩计划。

4

体检

怀孕期间必须定期进行体检。在28－32周之前，可能每个月要进行一次体检，之后到36周要每两周进行一次检查，到分娩之前要每周检查一次。可进行多种检查以确保自己的全身状况良好。其中有些检查是要常规进行的，但是如果你出现某种症状或处于某种高危状态，如果你已经35岁以上或是有某些家族性疾病对你的妊娠有影响时，就要进行一些特殊的检查（详见第68－69页）。如果你对某些事情不理解，不要不敢询问助产士或医生。可以采用日记的方式（详见第104－105页）记下问题并作一些怀孕的记录。

血液检查

血型和Rh因子

抽血进行血型检查和Rh因子检查，前者为以后万一要输血做好准备。如果你是Rh阴性，你的宝宝Rh阳性的话，可能要进行药物治疗防止你的身体产生抗你宝宝的血的抗体。

风疹免疫力

医生会检查你对风疹的免疫力，这种病毒对头3个月的孕妇很危险的（详见第8页）。

血红蛋白水平

抽血检查血红蛋白（红细胞）水平以明确你是否贫血。如果血红蛋白水平很低，要补铁。

疾病

乙型肝炎、艾滋病病毒和梅毒都可以通过血液检查来检测出。如果你有可能是某些遗传性疾病的携带者，如镰状细胞贫血和地中海贫血（详见第9页），也需要进行血液检测。

葡萄糖耐量

有些医生会让病人在怀孕28周左右时进行糖耐量实验，检查是否有孕期糖尿病。如果血液检查发现血糖异常升高，要按糖尿病治疗。

第一次产前检查

在怀孕的第8和12周之间，你要进行第一次、也是时间最长的一次产前检查，助产士或医生会对你的家族史作详细的记录。你要保存好这些记录，医生也可能会给你一份简单的记录卡。无论你什么时候去医院都要带上，你离家外出时也要带上，以防急诊要用。

除了产前检查需要进行的检测外，你还得进行体格检查和指诊。

体格检查

医生要对心脏、肺部和乳房进行检查，以确信全身健康状况是否良好。身高也要检查，如果你的个子比较小，骨盆也可能比较小，阴道分娩就比较困难，这样就可能要考虑进行剖腹产。

指诊

医生要进行指诊来明确是否怀孕以及子宫的大小。指诊也可以用早期超声扫描（详见第68－69页）代替。你还可以进行宫颈涂片检查来确定是否有细胞异形或感染，也可以进行棉拭子检查来确定是否患有性病（STD）。如果你有患性病的危险，要询问医生应该进行哪些检查。

产前检查

血压

检测血压，了解是否正常。如果血压明显增高，应怀疑是否患高血压。医生会建议你多休息并经常检测血压。

尿液

检查尿中的糖和蛋白。持续高水平的尿糖提示有糖尿病（许多女性怀孕期间出现糖尿病，分娩后就消失）。尿中微量的蛋白可能意味着出现感染，也可能是先兆子痫的征兆（血压非常高时会发生）。

体重

每一次产前检查时都要检查体重（不是所有的医生都要求检查）。体重增加10－16.5千克是正常的，但是突然出现体重剧增可能提示先兆子痫或糖尿病。

触诊

医生要触摸腹部，检查胎儿的大小和位置。在胎儿的心跳能听得见时，就要检测胎心。

胎儿的发育

　　医生把最后一次月经的时间当作怀孕的时间，因此怀孕后两周，你就已经有"4周的孕期"了。孕期平均持续40周左右，但37周后出生的宝宝就可称为足月儿。8周以前的宝宝幼体叫做胚胎，8周以后叫做胎儿。在子宫里，胎儿发育的速度并不一样。但是如果你觉得胎儿好像停止生长，医生将会检查其原因。大多数第一次怀孕的母亲未能感觉到早期的胎动（第二次怀孕的母亲就比较容易感觉到）。如果到20周时，你仍没有感觉到胎动，或是已有胎动而又感觉胎动停止，要进一步征求助产士或医生的意见。这有可能是处于静止期，说明你的宝宝正在睡觉，但是如果你注意到这些情况，还是要进行检查。

4

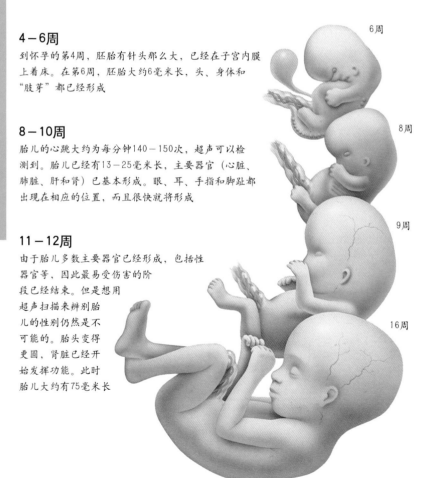

4－6周
到怀孕的第4周，胚胎有针头那么大，已经在子宫内膜上着床。在第6周，胚胎大约有6毫米长，头、身体和"肢芽"都已经形成

8－10周
胎儿的心跳大约为每分钟140－150次，超声可以检测到。胎儿已经有13－25毫米长，主要器官（心脏、肺脏、肝和肾）已基本形成。眼、耳、手指和脚趾都出现在相应的位置，而且很快就将形成

11－12周
由于胎儿多数主要器官已经形成，包括性器官等，因此最易受伤害的阶段已经结束。但是想用超声扫描来辨别胎儿的性别仍然是不可能的。胎头变得更圆，肾脏已经开始发挥功能。此时胎儿大约有75毫米长

6周

8周

9周

16周

15－16周

到16周时，胎儿的手指和脚趾已经发育好了，也有面部表情，会吸吮手指并会喝下一些羊水并通过膀胱排出。全身覆盖着一种绒毛称作胎毛。胎儿的重量大约有125克。你甚至可能首次感觉到胎儿的"蝴蝶"样运动。孕妇第一次感觉到胎动时通常叫"胎动初觉"

18－20周

在这期间，多数的母亲会明显地感觉到胎儿踢脚或胎动。还可能看到腹部皮肤下面的这些胎动。胎头已经长出毛发，眉毛和睫毛也长出来了。皮肤上覆盖一层白色的油性物质，叫做胎脂。它能保护胎儿免受羊水的损害。如果到20周时你还没有感觉到胎动，要找医生或助产士检查

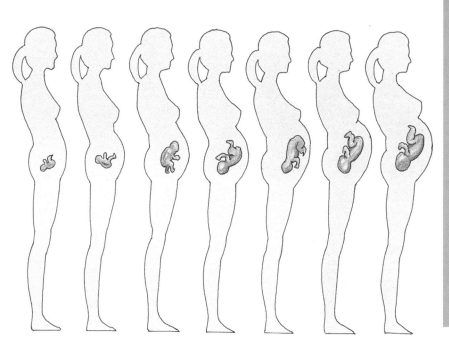

4

24周

胎儿的皮肤开始变厚，他能比较清晰地听见外界的声音，高声的意外声音会让他惊跳起来。他的眼睛是睁开的，也有醒着和睡着之分。24周之后出生的婴儿在加强护理的情况下有生存下来的机会。他的重量大约有600克，身长大约有36厘米

32周

肺脏已经发育成熟，胎儿已能够自己呼吸，如果此时出生的话，就有很好的生存机会。体重大约1.3千克，身长大约40厘米

36－40周

所有的器官都已完全发育并能正常工作。36周以后，头部可能已经入盆。此时已准备好可以出生了

胎儿的检查

除了第64－65页讨论的常规检查和检测外，还要进行一些特殊的筛选试验以在更大范围内辨别胎儿是否有异常。不是每个医院都可以进行所有的这些试验，而且有些试验只有考虑胎儿可能患有某种特殊病症而具有高度危险性时才考虑进行检查。虽然多数检查都很安全，但是有些检查还是会有引起流产的危险性，因此你要认真考虑这个不利的后果以及检测结果的可能意义，再决定进行检查。

试验可分为筛选试验和诊断试验，前者主要检查你的胎儿具有某种异常的可能性，后者能告诉你胎儿是否有异常。

超声扫描

超声扫描要将探头放在腹部进行检测。超声波发射到子宫后反射回来，屏幕上可以看到胎儿运动的图像。扫描可以测量胎儿的大小并辨别是否具有某些异常的生理特征（扫描也可能看到胎儿的外生殖器，可以断定胎儿的性别）。超声扫描通常在18－20周左右进行，但是也有人较早通过扫描来判断是否已怀孕。

大多数父母认为超声扫描是怀孕过程中最激动人心的一刻，因为他们可以看到胎儿在子宫里的活动情况。

4

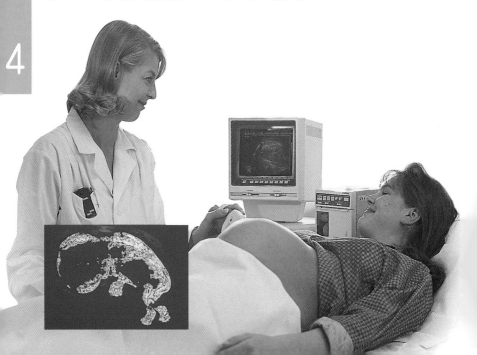

选择性检查

α-甲胎蛋白（AFP）

AFP是胎儿合成的一种物质，其含量可以通过母亲的血液来测量，通常在怀孕的15－18周检测。如果其水平高于预期者，可能表明孕期比预期的更快了，也可能是有双胞胎，还可能是胎儿有神经管缺陷如脊柱裂。如果其水平低于预期者，可能表明孕期发展较慢，也可能出现唐氏综合征。如果有必要可以进行随访。

■如果你的AFP水平太高或太低，或你已经35岁以上，或是孕期中存在其他的危险因素，可能要行进一步检查（如果有条件）。在进行诊断性试验前，要了解这些试验的意义，并咨询医生或助产士。你有权拒绝某些检查。目前主要的诊断性试验有以下几种：

绒毛取样检查

■要从胎盘取出少量的细胞样本。这个检查引起流产的危险性比羊水诊断更大。

■这个检查通常用来检测一些严重的胎儿异常如囊肿性纤维化、唐氏综合征、神经节苷脂沉积症和镰状细胞贫血等，但是不能用于脊柱裂的检查。

羊水检查

■要用细针通过腹部抽取羊水标本（与胎儿遗传学成分一样）。有引起流产的危险性。

■这个检查在怀孕14－18周时进行。年龄大于35岁或家族中有胎儿异常、染色体异常或遗传性疾病史的孕妇要进行这项检查。

三倍体的检查

■这个检查是AFP检查的扩展，比AFP检查更准确。

■有些检查中心也进行新的四倍体的检查，这个检查可以用来检测唐氏综合征。

■三倍体检查最好在16－18周时进行，可以检测出胎儿是否具有患唐氏综合征或其他染色体异常的危险性。

脐索检查（脐静脉取样检查）

■这个检查检测来自脐索的胎儿血液。流产的危险性为每100个中出现1－4个，与个体有关。

■怀孕18周后可以用这个检查来检测胎儿是否有风疹或弓形虫感染，如果羊水诊断结果不明确时也可以进行脐索检查。脐索检查还用来检查代谢性疾病。

4

制定分娩计划

　　分娩有各种各样的方式，你可以制定一个分娩计划以列出自己最理想的选择。分娩计划最好在预产期前1个月到6周时以就做好，这样你就能够更好地参加产前教育，与医生或助产士讨论各种问题，还可以根据护理者的经验，早点了解自己可能发生的变化。确保你的分娩计划能很容易读懂和遵循（有些助产士或医生有特殊的计划方式），并可以在计划上注明日期和其他的标记。你可以将计划的一份夹在你的记录本中，然后再另外保留一份。计划要比较灵活，这样在你要做些改变，或是坚持你的计划将会危及你或你的宝宝安全时，就可以对计划做修改。你要告知你的爱人或分娩时的伴侣你的分娩计划，这样可以让他们帮助你实现这个计划。由于每个人都有自己的具体情况，因此你要认真考虑自己的特殊之处。

　　如果分娩时，你的爱人不在身边，最好要选择一个你可以依赖的人陪在你的身边，这样在一些危险情况下可以让你平静下来，给你感情上的支持，使你在分娩时不会过度紧张。

4

分娩伴侣

■你希望分娩时有个伴侣如爱人、朋友或亲戚等陪在身边吗？如果希望的话，你可以带着你所选的伴侣吗？

■分娩过程中他们能一直和你呆在一起吗，如果要进行剖腹产呢？

■可以带一个以上的伴侣吗？

实例：
分娩伴侣

我希望分娩时我的姐姐和爱人能陪在身边

分娩过程

■分娩时你想自由走动吗，你要选择电子监控吗？

■如果止痛方法有多种，你要选择哪种方法？如果你不要进行止痛，一定要在计划上写清楚。

■可以进行硬膜外麻醉吗？

■有TENS（经皮肤电神经刺激）机器吗，你要租用吗？

■你可以带个备用的医生如针灸医生吗？

实例：
缓解疼痛

我希望可以使用TENS机器，有必要的话行硬膜外麻醉

诱导分娩

■关于诱导分娩(人工诱发分娩)你有什么看法?

■通常在什么情况下进行诱导分娩?

■通常采用什么方法进行诱导分娩?

■如果你希望进行诱导分娩,没有别人的帮助你能做出选择吗?

实例:
加速分娩

我不想进行人工破膜

特殊设备

■你需要某些特殊设备如分娩池或分娩椅吗

■如果需要,哪些设备是具备的?

■如果你希望分娩室中有音乐或按摩用的香精,可以带这些东西吗?

实例:
音乐

我觉得音乐能让我放松,想带我自己的磁带

宝宝出生过程

■如果有必要进行外阴切开术,你介意吗?还是宁愿随它自然撕裂?

■你希望出生的宝宝直接放在你的怀中,还是先洗干净?

实例
外阴切开术

我选择外阴切开术

宝宝出生后

■你要注射激素帮助胎盘迅速娩出还是选择自然娩出?

■如果你要母乳喂养,宝宝将直接放在你的怀里吗?

■如果你可以选择的话,你希望什么时候回家?

实例
胎盘娩出

如果一切顺利的话,我希望只要在医院呆一个晚上

4

剖宫产

■我能选择行全麻还是硬膜外麻醉?

■如果我的爱人希望手术时陪在我身边,可以吗?

■如果我的宝宝健康状况良好,出生后我能立即抱他吗,或是在我康复的过程中我的爱人能抱他吗?

实例
剖宫产

如果我需要剖宫产,我选择硬膜外麻醉,并希望我的爱人陪在身边

分娩的征兆

只有百分之五的宝宝在预产期（EDD）出生。多数孕妇在预产期前后两周内分娩，但是最好36周后就做好上医院的准备（详见第106–107页）。虽然许多宝宝在40周以后才出生，但是一旦预产期到了或是超过了，你会发现等待分娩是很辛苦的事。如果42周左右仍然没有分娩的征兆，医生会继续监控胎儿的健康状况，可能会建议进行诱导分娩（人工诱发分娩）。

胎儿下降感和入盆

分娩前的最后4周，胎头可能会沉入盆腔，为分娩做好准备。此时的头部开始"入盆"。胎头入盆时你可能会察觉到，因为你会发现胸部和上腹部的压力减轻，又可以更自由地呼吸了。这就是所谓的"胎儿下降感"。第二次或多次怀孕的孕妇，要在开始分娩前头才入盆，有的甚至在破膜后才入盆。

大约百分之五的胎儿不是以这种方式入盆，出生时脚或臀先出来（臀位）。有些臀位的胎儿经过阴道分娩，有些则需要剖宫产。

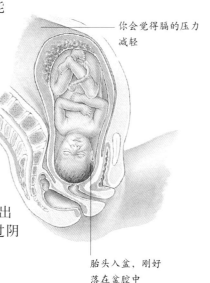

你会觉得膈的压力减轻

胎头入盆，刚好落在盆腔中

4

宫缩

怀孕的第20周以后，你有时会感觉到子宫的无痛性收缩。这些就是所谓的间歇性宫缩，有助于子宫做好分娩的准备。临近分娩时，这种收缩会变得更强烈，并有痛感，可能会被误认为是分娩痛。然而真正分娩时的宫缩，其强度和频率都明显增高。

你会觉得分娩早期的宫缩就像轻微的背痛一样，或是像月经期的疼痛感一样。你还可能出现恶心，甚至呕吐，或是腹泻。

应该做什么

计算宫缩时间，一旦每10–15分钟就来一次宫缩，要立即找医生、助产士，马上住院。刚开始时，宫缩是不规则的，但慢慢地会变得越来越强也越来越频繁。

分娩的开始

除了宫缩外，还有两种很容易辨认的征兆标志着分娩的开始。它们或是按一定的顺序出现，一个征兆出现后很快就出现另外一个，或是两个征兆之间相隔好几天。

■ "见红"

怀孕过程中有助于封住子宫口的粘液栓脱落。所谓的"见红"就是指粘性的、略带桃色的分泌物，但是其含血量不多。

如何处理

如果你出血了，要立即找医生或赶到医院去。要不然，就等到宫缩开始或破膜时。

■ 破水（破膜）

怀孕过程中包绕在胎儿周围的羊水膜发生破裂，羊水涌出或滴出。羊水的涌出或滴出主要与裂口的大小及胎头的位置有关。

如何处理

如果发生破膜，要打电话给医院或助产士或医生。即使没有发生宫缩，你也可能要立即上医院，因为胎儿已经没有了保护，有可能发生感染。

什么时候上医院？

什么时候上医院取决于医生和助产士的建议，以及你的住处离医院有多远，还有你自己是否着急。但是首次分娩可能需要较长时间，如果前面几个小时呆在家里，你可能会更放松些。在分娩的早期阶段，要保持走动，吃点喝点清淡的东西保持体力。运用放松技巧，记录每次收缩的时间和间歇时间，如果胎膜还没破，可以洗个热水澡。

4

注意

如果在孕期36周之前出现上述的某些征兆，要立即找医生或到医院去。如果太早发生分娩，可能要进行某些处理设法阻止分娩。

第一产程

对于第一胎来说，分娩过程可分为3个阶段，平均持续12－14小时左右。第一阶段最长，从确定分娩开始通常要持续6－10个小时。在这段时间里，宫缩开始进行性加强，宫颈口缓慢打开（这叫做宫颈扩张，其大小用厘米来衡量），此时宫颈上拉，仍盖住胎儿的头部（宫颈管消失，以百分比来衡量），直到宫颈完全扩张，胎儿进入产道。

在医院里

一旦你到达医院，医生或助产士将会：

■询问你关于分娩开始的情况。

■检查你的脉搏、体温、血压和小便。

■检查你的宫颈，观察其扩张情况。

胎儿心率的监控

分娩的整个过程都要监控胎儿的心率。随着宫缩强度达到高峰，胎心率通常下降，随着宫缩强度减低，胎心率又恢复。但是有些胎心率变化情况表明胎儿无法适应分娩（这就叫做"胎儿窘迫"）。如果胎儿出现窘迫，要采取措施加速分娩。胎心监控有以下几种：

间歇听诊（IA）

胎心可以用一种特殊的听诊器或是一种叫做"多谱勒"的手握式超声仪来检测，分娩的整个过程中每15－30分钟要听一次，在分娩的第二阶段要更经常听胎心。用这种方法听胎心你可以自由走动。

电子胎儿监护（EFM）

EFM每隔2－4小时监控胎心10－30分钟。在分娩的全过程可将探测器固定在腹部，或将电极连在胎儿头皮上进行胎心监控。用这种方法你不能随意走动，除非医院采用遥控技术。运用经皮肤电神经刺激（TENS）仪器缓解疼痛（详见第76－77页）可能会妨碍电子胎儿监护（EFM）正常工作。如果你考虑在水中分娩，则EFM是不适用的。

如何对付分娩

关于分娩时所采取的体位没有不可变更的原则，最主要的是要尽可能放松和舒适。你可能希望蹲着、坐着、跪着、躺着或是采取混合体位。但是除非身体的缘故要躺在床上，否则保持上身直立，如来回走动、站着、坐着、蹲着或跪着，痛苦就会少些，分娩过程也会缩短些。

坐位

　　在不知道分娩过程要持续多久的情况下，保存体力总是有用的。宫缩间歇期坐着休息。身体向前倾斜保持加在宫颈上的压力，缓解腰部的压力。

　　如果宫缩时需要额外的支撑，可以斜靠在椅子的后背上。宫缩间歇期在椅背放个枕头让头部休息一下。

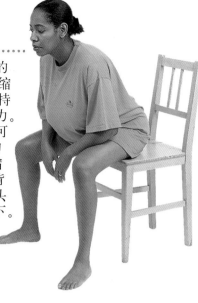

跪位

　　跪着的时候，身体向前倾斜靠在手臂上，宫颈的压力会减小，这样会减慢产程，但是在宫缩频繁时有好处。这样也能缓解腰部的压力，而腰部的压力会引起疼痛。

站位

　　分娩早期宫缩间歇期，站着并来回走动能保持对宫颈的压力，加强宫缩，扩张宫颈。在宫缩时可以靠在墙上或靠在分娩伴侣身上。在这个体位时，你的爱人可以帮你按摩背部。

4

分娩时疼痛的缓解

　　如果你需要缓解疼痛，有多种不同的方式可供选择。要知道哪一种方式最适合你，并为你和你的宝宝做出最佳选择。放松技巧对你分娩时缓解疼痛也有帮助。

自助方法

■运用你在产前教育中学到的呼吸和放松技巧。

■宫缩时不要屏住呼吸，而应该"吸气"，保持肩部和下巴放松，然后再呼气。当宫缩达高峰时不要紧张，因为紧张会导致疼痛。

■宫缩时思想要乐观，提醒自己每一次宫缩都更有利于宝宝的出生。

■服从自己的身体，采取让你最舒服的体位。

■如果你腰部疼痛，设法放个热水瓶或热水垫会好些。

■不要不好意思发出声音，这可帮自己渡过难关。

■让你的爱人给你按摩，可以使用香料按摩的香精。

■可以通过燃烧香料按摩的香精如薰衣草等，点燃洒有香水的蜡烛，放音乐或将灯光调暗些，创造轻松的气氛。

药物缓解疼痛

　　让医院或生育中心检查一下哪一种止痛药物适合你分娩时使用。

ENTONOX气

　　这是50%氧化亚氮和50%氧气的混合物，可以用接口管或口罩将气体吸入，而接口管或口罩你可以自己拿着，一旦你觉得宫缩开始时就可以吸入气体。这种气体能让你放松，但是有些母亲会觉得恶心或疲乏，而不是减轻疼痛。

硬膜外麻醉

　　这种方法就是将麻醉剂在腰部两个脊椎骨之间注入（见下页），麻醉神经。硬膜外麻醉能止痛，可用于选择性剖宫产。有些孕妇使用这种方法会引起血压降低，可能影响腿部和膀胱一段时间，术后会引起头疼。

哌替啶

　　哌替啶注射给药，具有镇静作用，可与其他药物结合使用来缓解恶心。但如果该药给药太接近第二产程，不能有效地促进产程的进展，而且会让胎儿睡着或是抑制他的呼吸。哌替啶并不能改变疼痛感，而是改变你的敏感性。

非药物疼痛缓解

有些孕妇发现在分娩时采用针灸疗法、催眠疗法或顺势疗法等替代疗法挺有效。如果你希望采取替代疗法，可以与医生或助产士商量，事先就让医院知道。要注意这些医师是否取得医生资格，是否有处理孕妇分娩的经验。

针灸疗法

这种方法要将细针插入特定部位的皮肤，通过刺激来缓解疼痛。

催眠疗法

这种方法利用心理力量来诱导身体全面放松，从而缓解分娩时的疼痛。催眠疗法在分娩的前几周就要开始训练。

顺势疗法

总的来说，天然疗法可用来治疗病人。山金车油在减少分娩后出血和碰伤是很有用的。采用顺势疗法时要与医师商量哪一种方法最适合于分娩。

经皮肤电神经刺激（TENS）

要使用电极，电极连接在腰部。这种方法刺激皮肤神经末梢促进机体自身释放疼痛缓解物质。该方法还可以阻止疼痛信号传入大脑。对有些孕妇TENS很有效，而且可以人工控制。要想有较好的效果，TENS在分娩早期就要开始使用。

4

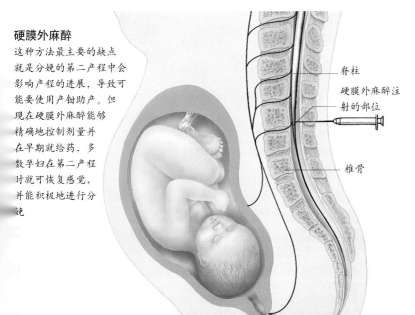

硬膜外麻醉

这种方法最主要的缺点就是分娩的第二产程中会影响产程的进展，导致可能会使用产钳助产。但现在硬膜外麻醉能够精确地控制剂量并在早期就给药，多数孕妇在第二产程时就可恢复感觉，并能积极地进行分娩

脊柱

硬膜外麻醉注射的部位

椎骨

第二产程

当宫颈口开全时（10厘米），入第二产程开始，宝宝娩出时，第二产程结束。第二产程平均持续30分钟到1小时，但是也有只要10分钟的，或是长达2小时的。如果时间超过2小时，大多数医生会采取措施。

过渡期

这个过程出现在第一产程结束，第二产程开始时，是分娩时最让人筋疲力尽、最有挑战性的时期。在这一时期宫颈口几乎已经开全，宫缩很强烈，持续时间也较长，频率也更高。

■此时你可能会觉得很热并出汗或是觉得很冷并发抖，或是介于两者之间。腿部可能会觉得寒冷并发颤，你还可能会觉得恶心，甚至出现呕吐。告诉你的爱人你需要什么，如零食、可供吸吮的碎冰、暖和的毯子或凉海绵等。

■你可能会有一种强烈的欲望要用力向下屏气。除非医生或助产士让你用力，否则绝对不能这么做。在宫颈口开全之前就开始用力，会使宫颈口水肿，使得胎儿更难通过宫颈口，也会擦伤宫颈口，引起疼痛。

■为了防止你自己用力向下屏气，你可以臀部朝上跪着。这样将减轻胎头对宫颈的压力，减小用力向下屏气的欲望。这种姿势也有助于你自己保存能量以更好地应付第二产程。

你的分娩伴侣能帮你做些什么

■鼓励你，并在每次发生宫缩时提醒你。

■帮你注意产程的进展情况及宫缩的频率。

■看看你需要什么。如果与你讲话或抚摸你对你有帮助的话，他也可以这样做。心理不稳定是很正常的，特别是在过渡期，而且你的需求也会不停地改变。

■他也可以用凉的湿毛巾擦拭你的额部，如果这样做对你有益的话。

■一旦允许你用力向下屏气时，他还能帮助你集中注意力。用力向下屏气要与宫缩相一致，在宫缩间歇期用力只会耗费体力。

■能够尽心尽力地陪在你身边。

第二产程的体位

一旦宫颈开全，你就要采取你觉得的最舒服、最有利于用力分娩的体位。如果你能采取直立的体位，可能更有利于分娩，因为重力作用使得胎儿更容易通过产道。

跪位

跪着能够很好地扩张骨盆。你可以将手臂放在你的伴侣的脖子上，或者你的伴侣和助产士一起架着你。

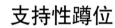

支持性蹲位

蹲着是扩张骨盆最好的方法，而且采用这种姿势时，重力还有助于胎儿的娩出。你的伴侣可以跪着或坐在你后面支撑着你。你也可以在伴侣的支持下半蹲着，即膝部保持弯曲站着分娩。

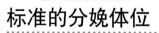

标准的分娩体位

这种分娩体位是最常见的。上身保持垂直地坐着，背部靠着垫子或靠在伴侣身上。膝部弯曲，两腿分开，手放在腿上。采取这种体位，胎头出现时，还可以在阴道前方放一面镜子看看胎头。

出生

　　9个月的等待现在终于快结束了，你很快就可以看见你的宝宝。如果分娩"正常"的话，不需要任何帮助，宝宝的头部先娩出来。然而，有时不得不采取剖宫产或其他的分娩方式。

第二产程时用力分娩

　　为了将宝宝生出来，宫缩时要深吸气，当宫缩达高峰时，用力向下屏气5秒钟左右，或是用力到你想换气为止（不必要地屏住呼吸会让你筋疲力尽，并减少胎儿血液中的氧含量）。如果宫缩仍然很强，再次深吸气并用力向下屏气。一次宫缩，可能可以用力向下屏气3－5次。随着你用力向下屏气，每一次宫缩时就可以看见胎头，宫缩间歇时又退缩一些。你也可能要行外阴切开术——在会阴作一个小切口，即在阴道和直肠之间的皮肤作个切口，这是为了防止组织撕裂。如果你不愿意进行外阴切开术，要在分娩计划中注明。

娩出时刻

　　当你的宝宝快要出生时，胎头露在阴道口，而且不再缩回，这就叫"着冠"（会阴的皮肤就像戴在胎头上的"帽子"）。此后，你就不必用力向下屏气，随着胎头慢慢娩出，你要开始喘气。这个阶段你可能想用镜子看看出生的过程，或是你的爱人将它录下来。胎儿嘴巴和鼻子中过量的粘液要吸掉。宝宝肩部和身体其他部分的娩出还需要再次用力向下屏气。如果宝宝没有呼吸，要进一步吸出粘液或是给氧。如果一切正常的话，剪断脐带后可以把宝宝放在你的怀里，你马上就可以抱抱你的宝宝。

4

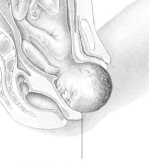

胎头着冠，你的护理者可以清楚地看到胎头

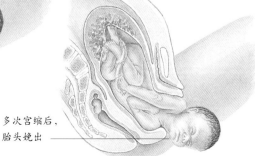

多次宫缩后，胎头娩出

协助分娩

如果第二产程特别困难或进展特别慢，一旦可以看见胎头时，医生将采用产钳或胎吸器助产。产钳助产要在局部麻醉后，将两个看起来像钳子的金属叶片插入阴道，一次插一个。钳子夹住胎头，将胎儿从产道中拖出来。胎吸助产是将塑料杯吸附在胎头上并将胎儿吸出来。如果要采取这些方法，就要采取外阴切开术，这样可以避免采取剖宫产。

剖宫产

大约有八分之一的英国宝宝和四分之一的美国宝宝是经过剖宫产出生的。如果医生认为必须采取剖宫产就会事先准备好（选择性剖宫产），也有在分娩时发现要进行剖宫产的。剖宫产的原因有以下这些：

■宝宝需要迅速娩出，例如，胎儿窘迫，孕妇大量出血，或是孕妇患有疾病如先兆子痫、糖尿病等。

■胎位不正，如臀位或横位（肩先露）等。

■胎儿太大，胎头卡在骨盆里，骨盆太小。

■由于某种原因分娩过程没有进展。

■胎盘覆盖宫颈内口。

■多胎。

■孕妇患有活动性生殖器疱疹，经过阴道分娩可能会感染宝宝。

步骤

在手术之前要先将阴毛刮干净，膀胱要插导尿管，并做好静脉滴注以防分娩过程中需要给药。有全麻和硬膜外或脊椎麻醉两种方式可以选择，前者使你完全丧失意识，后者在分娩过程中你是清醒的，但下半身是麻木的。紧急情况下，可能要采取全麻更快些。

行剖宫产时在下腹部和子宫作切口，宝宝可用人工取出或用产钳取出。宝宝经全面检查后，当给你缝合切口时可以让你或你爱人抱着。

剖宫产切口的部位

4

第三产程

分娩的第三产程是最短的。主要包括胎儿生出后胎盘或胞衣从子宫内膜分离娩出，通常持续5分钟到半个小时。此时仍然有宫缩，但可能由于知道宝宝出生而兴奋，你已经感觉不到宫缩了。

胎盘的娩出

宝宝出生后，常规注射叫做催产素的激素（提倡自然分娩的专家反对催产素的使用；宝宝吸吮乳房时机体自己会合成催产素，这使得合成的催产素成为多余的）。催产素能帮助子宫收缩，娩出胎盘。当胎盘从子宫剥离后，医生或助产士可以轻轻地牵拉脐带将胎盘拉出，并让产妇协助向下用力屏气。胎盘娩出后，要检查它是否完整，确保没有碎片残留在子宫里，以免引起不必要的出血和感染。

如果外阴发生撕裂或有进行切开术，要将其缝合起来。分娩后体温、脉搏、血压、子宫以及恶露（阴道血性分泌物）都要进行检查。

4

专业术语

■主动分娩——一种分娩的方法，整个分娩过程要来回走动，并改变体位。学习了伸展锻炼以后，要求在垂直的体位进行分娩。

■白蛋白——组织中的一种蛋白质，用尿液来检测。如果尿液中出现白蛋白，可能是先兆子痫的征兆。

■羊水——子宫内环绕在胎儿周围的液体。

■羊膜囊——子宫内包绕着胎儿的一层膜。

■阿普伽新生儿评分——用来评价新生儿健康状况的方法。

■用力产出胎儿——第二产程中用力向下屏气的动作。

■臀先露——胎儿的臀部或脚朝下，而不是头部朝下。

■宫缩——子宫肌肉规则收缩，扩张宫颈口以分娩胎儿。

■着冠——胎头露在阴道口并不再回缩时。

■扩张——随着子宫的收缩，宫颈口逐渐打开。

■EDD——预产期。

■胚胎——怀孕前8周发育中的母体内的幼体。

■入盆——胎头进入盆腔时。

■胎儿窘迫——当到达胎儿的氧气不足时就会出现。

■胎儿——怀孕8周后发育中的母体内的幼体。

■囟门——婴儿头顶骨未合缝的地方。

■妊娠期——从受孕到分娩之间的时间。

■大出血——严重出血（产前大出血是指在宝宝生出来之前出血，产后大出血是指宝宝出生后出血）。

■诱导分娩——人工诱导分娩的发生。

■胎位——胎儿在子宫里的位置。

■胎儿下降感——随着胎头入盆，孕妇腹部压力减低。

■塑型——当胎儿通过阴道时，胎儿头骨的定型。

■盆底——肌肉组成的"吊床"，有支撑膀胱、肠和子宫的作用。

■会阴——位于阴道和肛门之间的皮肤。

■胎盘——为胎儿提供氧气和营养，并将胎儿的代谢产物送到母体的器官。

■先兆子痫——一种潜在的危险状况，其特征包括：高血压，手、脸和脚的肿胀，体重剧增和蛋白尿等。

■胎动初觉——母亲第一次感觉到胎动。

■子宫——机体内胎儿发育的器官。

4

健康提示

　　随着胎儿逐渐长大，体形将发生改变。看着变化的体形，你可能正沉浸在怀孕的兴奋中，也就可能将一些事情忘记了。下面所列的项目可能可以帮助你想起产前检查中最重要的一些事情，为你提醒怀孕和分娩时该做些什么。

■很有必要坚持产前检查，这样才能尽早发现问题，包括并发症。

■如果你对产前检查有些地方不理解，不要害怕询问助产士或医生

■无论你什么时候去医院，都别忘了带上产前检查的记录，如果你离家外出，也别忘了带，以防万一需要急诊。

■大多数特殊检查结果为胎儿的健康状况良好，发育正常。

■有些特殊检查对胎儿有点危险性。如果特殊检查发现有胎儿异常你要考虑是否继续妊娠。如果你不能确信检查的目的，或是否有必要进行这个检查，可以与医生或助产士进一步讨论。你有权力拒绝行某些检查。如果检查确实表明有异常，你通常可以进一步咨询专家之后再做决定。

■如果到了18－20周你还没有感觉到胎动，或是已经感觉到胎动又好像停止了，要立即与助产士或医生联系，征求他们的意见。

■分娩伴侣并非一定要是你的爱人，也可以是你的朋友和亲戚。如果你想不起希望谁在你分娩时陪在你身边，可以告诉助产士，她能帮你安排一个她的同事来帮助你。

■如果你有机会选择分娩时发生的一些事情，你要在预产期前4－周就完成你的分娩计划。分娩计划要有一定的灵活性，这样如果你需要更改，或是坚持原有的计划会危害你和宝宝健康时，就可以改动。

■只有百分之五的宝宝是在预产期出生的，大多数孕妇在预产期前后两周左右分娩，最好在怀孕36周后就做好上医院的准备。

■分娩开始有3个征兆，并且可能按一定的顺序出现，如见红、破膜和宫缩。

■如果宫缩的频率和强度并没有增加，可能不是真正的分娩宫缩

■如果孕期超过42周，或是分娩持续时间太长，医生可能会决定人工诱导或促进分娩。

■每一次宫缩都离你看见自己的宝宝近一些。

你和你的宝宝

恭喜你。经过9个月的期待，如今你要一天24个小时照顾着小宝宝。在刚开始的几周里，许多父母都觉得有点手忙脚乱、无所适从，这并不奇怪。不过不要担忧：你很快就会有信心照顾好宝宝，并享受生活中有他存在的乐趣。产后第6周，你的身体开始恢复到产前的状态。了解这些变化并照顾好你自己，同吃好、多锻炼以及充分休息一样，都是保证你自己健康的基本条件。如果你觉得哪里疼痛，或有不适感，不要保持沉默，要告知医生或助产士。在这几周时间里，你的宝宝也在发生变化：在这段时间里，你会发现宝宝第一次微笑，你也将明白哺乳的意义，知道他为什么哭并满足他的需要。总而言之，你在享受学习做父母的乐趣。

产后护理

除非你是剖宫产，否则你可能只要在医院呆1－3天，如果一切都很好，宝宝出生后几个小时你可能就可以回家了。当你回家时，你要知道产后的正常情况，什么时候要找医生或助产士检查。助产士可能会到你家看望你，但你要知道哪些对你来说是正常的。

身体健康状况

恶露

■恶露是分娩后从子宫排出的血和分泌物，刚开始时量多、色红，第2－4天可能会有血块排出，随后渐渐变为粉红色，量也减少，2－3周后（也可能更长些）变成白色和褐色，而后停止。
■使用卫生垫而不用棉条，因为棉条会引起感染。
■如果恶露有臭味，或是流出鲜红色的血，或是在4－5天时还有血块排出，要去找医生或助产士。

会阴疼痛和缝线

分娩过程中，会阴部（阴道周围区域）常常有擦伤和肿胀，也可能需要缝合。通常伤口愈合后疼痛就会缓解，一般需要7－10天，但有时要长些。
■让医生给你喷点局麻药，或是开些口服药止痛。
■用温水，每天多洗几次（可以坐在塑料脸盆或宝宝的浴盆中洗）。洗后用柔软的毛巾，或纱布，或柔软的卫生纸轻轻拍干。
■对于擦伤的地方，可以试用山金车片、山金车霜（不能用于开放性伤口），或者使用冷冻的金缕梅。
■使用冰袋（将冰冻的植物裹在干净的布袋里很好用）。
■大量饮水，稀释尿液，防止尿液刺激创口。
■采取措施预防便秘（详见第37页）。
■进行盆底锻炼，以促进创口的愈合（详见第55页）。
■使用柔软、厚的卫生垫。

5

产后痛

子宫要恢复到孕前正常的大小，因此可能分娩后头几天会有宫缩样疼痛。
■可以试试温和的止痛药如对乙酰氨基酚（扑热息痛）或布洛芬等，并可以通过平稳、流畅的呼吸来放松自己（详见第60页）。
■避免使用可待因，它会引起便秘。

其他产后情况

■在分娩后6周内，会来月经，但是如果你哺乳的话，可能好几个月都不会来月经。

■只要你和你的爱人都乐意的话，进行性生活是安全的，但是可能有几个月你都不会有性欲。既使你不想过性生活，也要尽量在身体上与爱人密切接触。

■虽然第一次性生活时会有些疼痛，但并不会刺痛，如果出现刺痛，应找医生检查一下，看看有没有什么问题。可以使用凝胶润滑剂或采取不同的体位。

■即使你没来月经，或哺乳，如果你进行性生活，仍可能怀孕。可以询问医生应采取什么避孕方法。

剖宫产

　　剖宫产后几天腹部疼痛和不适是很正常的，但是也要得到充分的护理以缓解疼痛，而且要有人帮你一起照顾宝宝。为了促进身体的康复，你要尽可能多走动，并进行呼吸锻炼和腿部锻炼（详见第56－57页）。伤口也要定期检查。

产后锻炼

　　你可能会觉得很疲劳，缝针处有刺痛，宝宝不哭时就想休息，只有到最后才会想起锻炼。温和的锻炼有助于促进血液循环，增强体能，让松弛的肌肉变得结实，还能让你的精力更加充沛。可以翻到第55－57页看看应该怎么锻炼。

5

产后检查

　　大约在分娩后第6周，当你可以与医生讨论时，让医生为你做一下产后检查。但是如果你有任何担忧的话，可以早点找医生。任何一个孕妇的产后康复过程都是不一样的，因此不要以别人的感觉作为你自己健康的准绳。

产后情绪

生了宝宝后的头几天和几周里，情绪复杂是很正常的。你可能会觉得身体"脱离了自己"，分娩后很疲劳，还要满足新生宝宝的需求，而且自己对宝宝和爱人的情感变得很混乱。在这段时间里，最重要的就是要善待自己，满足身体的需要，让自己慢慢恢复。

情绪低落

大多数母亲分娩后三五天里情绪不稳定或是低落，或是易掉眼泪、易发脾气或是很消沉，这可能是由于激素水平突然下降所致。如果过了一两周仍然"情绪低落"，甚至更加严重，要找医生看看；你有可能患了产后抑郁症。

产后抑郁症

这是一种很让人烦恼的疾病，大约影响十分之一的女性。产后抑郁症经常发生在产后2～8周里，也有在产后6个月甚至一年发生的。许多孕妇不愿意承认患有产后抑郁症，或是否认这些症状。产后抑郁症有有效的治疗措施，如果你觉得自己患了产后抑郁症，最重要的就是要寻求帮助。

■产后抑郁症的迹象和症状包括：
哭泣和焦虑
恐慌
失眠
疼痛感
疲劳（所有新父母都会觉得劳累，但是出现昏睡可能是抑郁症的表现不同的地方）
感觉力不从心
对宝宝漠不关心或是过于关心
记忆力减退
不现实的感觉
丧失自信心
没有食欲或是食欲亢进
注意力不能集中
对爱人持敌对态度

■产后抑郁症的治疗方法包括支持疗法、心理咨询，可能还要服用药物。
■有些产后抑郁症的患者采用孕激素治疗疗效良好。
■补充疗法如按摩、针灸或顺势疗法等对有些产妇效果很好，但是很重要的一点是要找个有执业资格的医生，并告诉你的家庭医生。

如何消除疲劳

　　许多母亲发现分娩后的头几周照顾新生宝宝是最辛苦的。你得不停地喂奶、换尿布、晚上还不能好好睡觉，再加上可能还有好多人来看望你，这会让你觉得筋疲力尽。随着你适应了如何照料自己的宝宝，生活逐渐有规律，精力又恢复了，一切都会好转。下面这些可能有助于你消除疲劳：

■充分休息，必要时可以拔掉电话。

■注意限制客人的来访。如果你不希望别人打扰，可以在门上贴一张纸条。

■只做一些最基本的家务事，如果经济许可，可以雇人帮你。

■不要逞能，觉得自己得做所有的事情。不要拒绝帮助，如果必要的话，可以叫别人帮你。

■依照在怀孕时学习的放松技巧进行锻炼（详见第58－61页）。

■做些喜欢做的事情，如按摩、美发或者自己去散步或游泳。

■别忘了多吃东西。此时良好的平衡饮食与怀孕时一样重要。不要吃没有营养的快餐，健康的快餐还是很有营养的，而且如果你没有时间或不爱煮饭，这些快餐很方便（详见第31页）。

你和你的爱人

　　要将自己作为父母的新关系调整过来是不容易的。即使不过性生活，你和你的爱人最好也要每天尽量在一起呆一会儿，谈谈自己的感受，保持身体上的接触。

爸爸要怎么做

■认识自己的宝宝，拥抱他，并与他讲话，为他洗澡换衣服。为人父母是一个共享的经验。

■如果用奶瓶喂养宝宝，爸爸应该帮助喂养，如果是母乳喂养，也要协助你爱人。

■用婴儿车推着宝宝出去散步，并与他呆一段时间，让你的爱人休息一下。

■尽可能帮忙干些家务事。

■对你爱人不稳定的情绪要多容忍，但是如果你觉得她患有抑郁症，要找医生帮助。

5

新生宝宝

第一次看到新生宝宝会让你吓一跳。可能许多父母都在心里把宝宝想象成电视广告中容光焕发的样子，而事实上，你的宝宝全身覆盖着一层蜡样东西，红色的脸很皱，可能还有一些让你担忧的奇怪的特征。你也不要多虑，要知道几乎没有几个宝宝生出来是很好看的，而且奇异的容貌几周内就会恢复正常。出生时宝宝要进行检查确保一切都正常。

第一次检查

宝宝一出生，医生或助产士就要对宝宝检查：

■阿普伽新生儿评分：评价宝宝的呼吸、心率、反射、皮肤颜色和肌张力，在宝宝出生后1分钟和5分钟时进行，每一项分0、1和2三个等级，然后相加。如果评分很低，可能要立即进行处理，但是低分并不一定就说明有问题，几乎没有几个宝宝能够达到10分的最高分，即使在5分钟以后。

■体重、头围和身长。

■从头到脚检查，包括嘴巴的检查确保没有腭裂，髋部检查是否有关节错位。

■出院之前，宝宝也要进行体格检查，包括心、肺、腹部、臀部和反射等。

反射

宝宝出生时具有多种反射，这些反射是早期的保护性措施。这些反射中觅食反射和吸吮反射最强烈，这有助于宝宝的哺乳（详见第98－99页）。如果你把手指放在她的手中，她会紧紧握住（握持反射）。如果她有些害怕，她将伸开手臂和腿（拥抱反射）。多数反射在两三个月后消失。

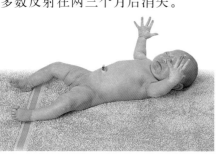 

拥抱反射　　　　　　　　　　　　握持反射

5

皮肤

许多宝宝的皮肤都覆盖着一层胎儿皮脂，这是一种白色的油性物质，在子宫内羊水环境中能够保护胎儿。皮脂可以洗掉，也可以让皮肤自己吸收掉。如果胎儿过期妊娠，皮肤可能比较干燥或成鳞片状

囟门

即宝宝头顶骨未合缝处。后囟大约在6－8周左右闭合，前囟较大，闭合也比较慢，要到18个月

生殖器

有些男婴的睾丸周围有液体，女婴有时阴道出现白色或血性分泌物。这些都会自然消失

眼睛

起初，眼睛可能粘住并肿胀。参见第96页关于眼睛清洗的建议

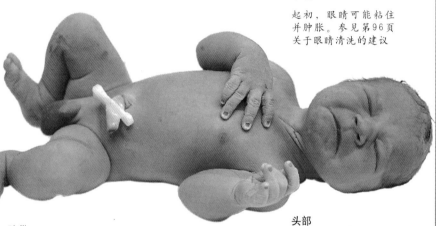

脐带

出生后1周到10天左右，脐带的残端皱缩并脱落。医生或助产士会告诉你如何保持脐带干净。如果脐带出血或有分泌物要告诉医生或助产士

乳腺

有时男女婴都会发生乳腺肿大，并有可能出现乳汁样分泌物。这些可能是由于孕母的激素影响所致，几周后不需要治疗就会消失

头部

跟身体的其他部分比起来，宝宝的头特别大。由于扩张的宫颈对胎头的压力，胎头形状怪异，并出现软肿块或囊性肿块，这些都是很正常的，而且都是暂时的，几周后就会自然消失

肠道

出生后几天内，粪便的颜色由绿色或黑色变成褐绿色，然后转为黄色。母乳喂养的宝宝大便比较松软，奶瓶喂养宝宝的大便较大，也比较坚硬。排便次数不一样。只要大便较软，颜色正常，没有必要担心，每天不一定都排一次，或一天排几次。

体重

在出生后的头几天，体重减轻一些是很正常的，在10－14天内通常体重又会恢复。

5

带宝宝回家

许多母亲在分娩后的24小时内就出院了，还没来得及学会照顾宝宝的基本技巧。刚开始自己照顾宝宝时是很辛苦的，因此在出院前，要尽可能多学点照顾宝宝的方法。在有些国家，助产士在分娩后10天里会到你家看望，还会带个卫生访视员，他们会给你进一步的帮助和建议。虽然照顾宝宝是一个费力的、全天24小时的工作，却也不是没有回报的。而且随着你对他更加了解，照顾小孩便更加熟练，你的自信心也会增加。

回家的路上

从医院回家时，要注意用合适的装置把宝宝放好。把宝宝抱在膝上是不够安全的。你所使用的车座要符合国家的安全标准，并要遵循厂家指南。如果宝宝还没到9个月大，或体重还没有达10千克时，宝宝最好要朝后坐。如果你的车客座边上有安全气囊的话，宝宝的座位要放在汽车的后排，而不要放在前排。

宝宝的规律

新生宝宝的基本需要包括食物、睡眠、保暖以及细心的照顾。在刚出生的几周里，宝宝的喂养和睡眠没有什么规律，而且表达需求的惟一方法就是啼哭。虽然刚开始几周，你觉得忙忙碌碌而且没有规律，不过最后也就会习惯了。如果宝宝在睡觉，你自己最好也能睡一觉或好好休息一下，这对你是很有好处的。不必强求让宝宝适应你的作息时间。刚开始几周宝宝可能不会有固定的生活方式，但是不要担心他永远都不会养成有规律的生活方式。

■日常生活规律要比较灵活、现实，并要随着宝宝的长大而调整。

■不要试图按照某个时刻表来喂宝宝，而应当他饿时就喂他。这将有助于你哺乳，而且最后宝宝也会形成自己的规律。

■不要为了让宝宝晚上睡觉而设法让他白天醒着，只要他想睡就让他睡。随着宝宝慢慢长大，会养成自己的习惯。

对宝宝的感情

　　你可能为宝宝的出生而大喜，并溺爱着他，或是过于呵护易受伤害的新生命，但事实上并没有感觉到在疼爱他。有些人可能分娩比较困难，需要一段时间恢复身体，然后才真正开始与宝宝接触。如果你觉得自己对宝宝并不疼爱，不要惊慌，也不要有负罪感。虽然你和你的宝宝建立一个温馨的、充满爱的关系是很重要的，但是许多父母亲刚开始时并不爱自己的宝宝。与其他关系的建立一样，有些人刚开始时总是比别人慢，并且需要时间慢慢培养。如果你为自己对宝宝的感情担忧，可以跟医生或助产士谈谈。

宝宝的兄弟姐妹

　　如果你还有一个蹒跚学步的孩子，那么小宝宝出生时要尽可能让他做好心理准备。但是尽管他看起来好像很高兴，而且也很喜欢新生宝宝，但是他会嫉妒宝宝，而且他会出现行为退步，或是变得苛求、依赖性强或不听话，这并不奇怪。

■当他看见新生宝宝时，会抢他的玩具。如果让他去医院"接宝宝回家"可能会好些。

■让客人在宝宝面前也赞扬你的大孩子。

■经常拥抱你的大孩子，让他觉得你还爱着他。

■如果他愿意的话尽可能让他一起帮助照顾新生宝宝，但是如果他把这些当作是烦人的家务事，而不是一种长大的标志，就不要强迫他。

■通过让他自己决定是否要去托儿所，选择午餐吃什么或是要穿什么衣服来培养他的成熟感。

■嫉妒是正常的。

宠物

　　如果你刚生了一个宝宝，就不要养宠物——因为照顾新生宝宝已经是够辛苦的了。如果你已经养有宠物，要遵循下面的这些指导，以免自己的宝宝感染上某些疾病：

■宝宝出生前让兽医检查你的宠物。确保宠物进行必要的预防接种，定期除虫，保证没有跳蚤。

■如果你养狗，不能让它舔你宝宝的脸。

■如果你养猫，要买一块布将婴儿床和婴儿车罩起来。

■如果你觉得你的宠物可能会伤害宝宝，要注意绝对不能让宝宝和宠物单独在一起。

宝宝的基本护理

抱起宝宝时，无论是要换衣服、洗澡还是喂奶，一定要平稳地抱住，温柔地与他说话，并看着他的眼睛。

抱起宝宝

抱起你的宝宝的时候，要让他有安全感和被爱着的感觉，这可能并不是一开始就会，而且你开始时可能还会觉得紧张。

1 面朝着宝宝站着，将一只手伸到他的头颈部下，另一只手放在他的腰部和臀部。

2 朝着你的胸部方向，将他轻柔、缓慢地抱起。将他转过来，让你自己的肘弯处托着他的头部，手臂支撑着他的身体。

3 当你将他放下来时，托住他的头部和臀部。放下后，先将臀部下面的手拿出来，然后再将托住头部的手拿出来。

抱着宝宝

抱宝宝的方式有几种。新生宝宝还不能很好地支撑自己的头部，因此要托住他的头颈部防止向后倒。你可以使用背带，这样宝宝可以与你保持密切的接触，而且你的手也可以做些其他事情。

1 让宝宝靠着你的肩膀，一只手托住他的头颈部，另一只手托住他的臀部。让宝宝保持直立。

2 让宝宝平躺在你的臂弯里，头部靠在肘弯上。

5

穿内衣

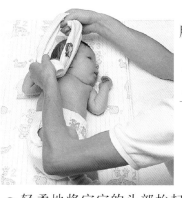

大多数宝宝都不喜欢穿套头的衣服，你可以选择购买其他款式的内衣。

1 将内衣收在领子上，前面朝向你。将内衣的后侧放在宝宝的后脑勺下。

2 轻柔地将宝宝的头部抬起，将衣服的前面从宝宝脸的上方移下来，注意不要拉。将内衣拖下来放在颈部和肩膀上，并把宝宝的头放下。

3 将一边袖子收在一块，把口撑开，握住宝宝的手腕，顺势将手臂伸出来。另一只手也同样这样。将背后的衣服拉下来，并扣好扣子。

换尿布

为了防止尿布疹，一旦尿布湿了或脏了，要尽可能快地换掉。

1 把宝宝放在换尿布的垫子或其他平坦的地方（其高度最好到达你的腰部，这样你就不用弯着腰）。拿掉旧尿布，一只手握住脚踝将双腿抬起，并用旧尿布将粪便擦干净。卷起旧尿布并放在塑料袋里。

2 彻底清洗整个区域，用湿的棉毛巾从前到后擦一遍。为新生宝宝擦洗比较麻烦，但是几个月后就好了。

3 宝宝的臀部洗净并擦干后，洗净并擦干你自己的手，然后为宝宝的臀部涂上护肤脂。用一只手握住宝宝的脚踝将他的腿抬起，另一只手为他垫上一块干净的尿布。

5

宝宝的基本护理(续)

照顾宝宝很快就会成为你很擅长的工作，但是要知道，不同的人照顾宝宝的方式总是有点不一样。照顾宝宝就是要发现为你和你的宝宝做些什么。

宝宝的清洁

新生宝宝没有必要每天洗澡，最好几天洗一次。两次洗澡之间，你可以进行局部清洗来保持宝宝洁净，也就是一次给宝宝换一点衣服，清洗必须清洗的部位，如脸部、手和臀部。鼻子和耳朵里面不要清洗，这些粘膜能自我洁净，只需用湿毛巾将一些可见的分泌物或粘液擦掉就行。洗的时候只需用凉开水和棉毛巾。要注意肥皂会使皮肤变得干燥，爽身粉可能会引起呼吸道方面的疾病。

1 将棉毛巾在凉开水里沾一下，然后从一只眼睛的内侧往外擦，另一只眼睛也一样。脖子和手臂中的褶皱处也要擦洗，洗完后用柔软的衣服或毛巾轻轻拍干。

5

2 将宝宝的背心穿上，然后用温水帮他洗手。解开尿布，清洗外阴部及周围区域。要特别注意清洗大腿根部的褶皱。如果宝宝的脚趾合得很紧，要轻柔地把它们掰开，并清洗脚趾缝。然后用柔软的衣服或毛巾轻轻拍干。不要急着换上尿布，让宝宝踢踢腿，然后再帮宝宝穿好衣服。

给宝宝洗澡

1 开始洗澡前先准备好你需要的一切，包括防水围裙、宝宝的护肤用品、棉毛巾、凉开水、擦澡海绵或柔软的面巾、干净的尿布和衣服。

2 先将凉开水倒在浴盆里，然后加入热水，用手的肘部试水温。水必须是暖和却又不能太热。

3 把宝宝的衣服脱掉，用柔软的浴巾裹着，放在膝盖上，将干净的棉毛巾在凉开水中沾一下，擦洗宝宝的的眼睛。宝宝的脸和嘴也要洗干净。

4 在浴盆的上方托住宝宝的头，给宝宝洗头发。然后将宝宝的头轻轻拍干。解开宝宝的衣服，将一只手放在他的肩部下面，另一只手托住臀部，轻柔地将他放入浴盆。

5 一只手托住他的头颈部，另一只手帮宝宝清洗。洗完后，将空出来的这只手托住宝宝的臀部，轻柔地将宝宝抱起来，并裹在浴巾里拍干。给宝宝穿衣服和换干净的尿布时，要裹着宝宝。

> **注意**
>
> 　一刻也不要将宝宝独自留在浴盆，即使是几厘米的水也可能将宝宝淹死。

宝宝的睡眠

　　宝宝睡觉的时间各不相同，但是经常比父母亲想象的要少。新生宝宝每24个小时平均有6－8个小时是醒着的，而且通常每次只睡3－5个小时。

宝宝啼哭

　　啼哭是宝宝要告诉你他需要某种东西的方式。你慢慢就会知道每次啼哭的原因，如肚子饿或是疲劳。如果宝宝不停地啼哭或是好像哪里疼痛，要找医生看看。

减少摇篮死的危险性

　　婴儿猝死或摇篮死很少见，但是有研究表明以下这些方法能减少这种危险性：

■除非医生有别的建议，否则要让宝宝背部朝下躺着睡。

■怀孕时或分娩后不要吸烟，也不要让宝宝呆在有烟草烟雾或充满烟味的房间里。

■不要让宝宝太热，宝宝的被子要轻些，多盖几层。

■如果你觉得宝宝生病了，要找医生。

■不要让宝宝睡旧床垫，也不要用枕头。

■被子不要盖住宝宝的头部。把宝宝的脚放在床尾，这样他才不会往下滑。

5

宝宝的喂养

　　你要选择什么方式喂养宝宝是你个人的决定，只有你自己能做决定。母乳喂养对母亲和宝宝都有很多好处，配方奶是不可能与母乳完全一样的。但是对于那些决定不进行母乳喂养的母亲，配方奶能提供宝宝所需要的所有营养。

母乳的优点

■母乳含有宝宝最初几个月生长发育所需要的营养成分，而且比例合适。母乳温度合适，不需消毒，不需花时间准备，随时可以哺乳。

■母乳所含有的抗体能够保护宝宝，防止感染，如腹泻、呕吐、咳嗽、感冒、尿路和耳朵感染等。

■母乳喂养能减少摇篮死的危险性，有助于防止小儿糖尿病，避免宝宝过敏。有研究表明，母乳喂养的宝宝牙齿更健康，肠道疾病也比较少，说话方面的异常也比较少。

■母乳喂养有助于你和你宝宝保持密切接触，使你更快恢复体形，还可能使你减少晚年发生乳腺癌和卵巢癌的可能性。

母乳喂养的技巧

■每次开始哺乳时，宝宝摄入的是能量较低的"头奶"，宝宝继续吸吮后就变为高能量的"后奶"。因此让宝宝吸空一侧乳房后再吸另一侧是很重要的。

■宝宝肚子饿时就喂食。不要试图想通过减少哺乳，及喂养配方奶来"增多"奶量。你哺乳得越多，奶量就越多。

■母乳喂养宝宝的吸吮动作与奶瓶喂养宝宝的吸吮动作不同。奶瓶喂养时，宝宝的两颊部向内吸吮；而母乳喂养的宝宝，下巴的肌肉有节律地收缩。母乳喂养时，如果宝宝的颊部内陷，说明宝宝吸吮的姿势不正确。要知道母乳喂养是有技巧的，需要学习和锻炼。

■如果母乳喂养有困难，可以向别人求助。一些有经验的咨询人员可以帮助你克服母乳喂养的一些问题。

母乳喂养时的健康饮食

　　母乳喂养时你一天需要多摄入2 000千焦热能。每天设法跟怀孕一样保持饮食平衡，均衡摄入四组食物中的食品。分三次吃小餐要比吃一次大餐更有好处，两餐之间最好要吃点有营养的点心。不要强迫自己大量喝水，要根据身体的需要，觉得口渴时再喝水。

5

母乳喂养的体位

　　要想成功哺乳，正确的体位是很重要的。如果姿势不对，宝宝就会咬你的乳头，引起疼痛，并使你沮丧。姿势不对也会导致乳汁合成减少。如果体位正确，宝宝会将整个乳头和大部分乳晕（乳头周围深颜色的皮肤）含在嘴里。

1 以舒适的姿势坐着，用手臂托着宝宝，让宝宝的头和肩膀朝着乳房，鼻子与你的乳头保持在同一水平。如果你是剖宫产，为了避免切口受压，可以用枕头把宝宝垫高。

2 如果晚上要哺乳，或是坐着哺乳会引起缝针口疼痛，那么躺着哺乳你也许会感觉舒服些。你可以侧身躺着，并用枕头把自己垫高，把宝宝侧放着，让宝宝的嘴巴对着你的乳房。

成功地进行奶瓶喂养

　　如果你无法进行母乳喂养，可以选择配方奶，配方奶有很多产品可供选择。为了避免感染，所有的喂奶器具要彻底清洗和消毒。

1 用热水洗奶瓶，用婴儿牙刷清洗里面，并漂洗干净。将奶嘴翻出来，并洗净里边乳白色的薄膜，再漂洗干净。

2 把奶瓶、塞环、盖子和奶嘴放在消毒液或蒸汽消毒器里，按照建议的时间进行消毒。

3 洗干净你自己的手，并做好准备。先将开水冷却，然后根据配方量取一定量的奶粉，并加入适量的水。

4 将配好的奶搅拌好后倒进宝宝用的奶瓶，并将奶嘴套在奶瓶上，盖上封口的盖子，并摇匀。配好的奶可以在冰箱里放置24小时。热奶时，将奶瓶立在热水壶中或立在电热水瓶中。用微波炉加热奶是不正确的，因为微波炉加热不均匀。要试奶的温度可以将奶滴一滴在手腕的内侧。喂宝宝时要将宝宝抱起来。

5

健康提示

　　宝宝刚出生的几天和几周你可能觉得很疲劳，但是并不是没有价值的。下面这张清单会提醒你要注意的最重要的事情。

照顾自己

■宝宝出生后的头几周，你可能会手忙脚乱，并且全无头绪。
■如果有必要的话，可以要求医生帮助你缓解疼痛。
■充分休息，宝宝睡着的时候你也要趁机休息一会儿。
■只做一些最基本的家务事，并限制客人的来访。
■不要因为花时间照顾自己而内疚。
■不要逞能，要接受别人提供的帮助。
■如果你觉得自己可能患有产后抑郁症，应寻求帮助。
■每天进行骨盆底部的锻炼。强壮的盆底肌肉有助于你在分娩后控制自己的膀胱，在性生活中这也是很重要的。
■观察自己的姿势，站直、收腹、膝部稍微弯曲着。
■抱起宝宝或拿起其他东西时最好要弯着膝盖。
■给宝宝换衣服或照顾宝宝的时候，最好将宝宝放在合适的高度。
■要注意饮食。如果你没有时间煮饭的话，谷类、三明治、奶酪、乳酪和水果等都是很方便的食物。订餐吃也可以，但是要保证食物营养。
■宝宝并不知道什么是规律，如果你想让他遵循什么规律，那只会自己累坏了。
■没有十全十美的父母，关键是要保持信心。

照顾宝宝

■几乎没有一个宝宝在出生时看起来就是很漂亮的，几个星期内宝宝的多数"怪异"的外形就会消失。
■刚开始时，许多父母亲并不爱自己的宝宝，渐渐地父母与宝宝的关系就会建立并成熟起来。
■当抱起宝宝或给宝宝换衣服、洗澡或喂奶时，要抱紧，并温柔地和他交谈，并看着宝宝的眼睛。
■要多抱抱较大的宝宝，让他们觉得你仍爱着他们，并让他们尽可能也帮助小宝宝。
■母乳喂养时，正确的哺乳姿势是很重要的。如果需要，可以寻求帮助。
■你越经常哺乳，乳汁分泌就越多。
■如果用奶瓶喂养宝宝，要注意消毒用具。
■所有的宝宝都可以照顾好。

5

你的个人文件

　　尽管每个女性怀孕的经历各不相同，但是仍然有许多共同的地方。大多数孕妇都有很多需要回答的问题：我可能会有什么症状？整个怀孕过程中需要知道些什么，去医院时要带些什么？要为宝宝买些什么？

　　下面一部分主要教你如何预先做好准备。一些重要的文件要保存在哪里才容易找到。

　　这一部分还为你提供记录重要电话号码和地址的地方，你还可以发现有一页记录了一些症状，如果出现这些症状，你要打电话跟医生联系。本部分也为你提供记录预约产前检查和取检查结果的日期的空间；而且在给你自己和宝宝买些什么东西方面，也为你提供简单的参考。

与医生联系

　　大多数妇女在整个怀孕过程都不会出现一些严重的健康问题，但是偶尔也会碰到一些问题需要征求医生的建议。以下所列的一些征兆和症状可以帮你了解哪些情况需要医生的帮助。有些比较轻微的异常只要医生或助产士给你提个建议就行了，其他的一些症状，如阴道出血伴有腹痛、腹部严重疼痛、严重瘙痒、高血压或先兆子痫的症状等，都是紧急情况，需要立即与医生或医院联系。

需要找医生看的一些症状

■阴道出血，轻度点状出血除外。

■先兆子痫的征兆包括高血压、严重头痛、眩晕、脸和手脚肿胀、视物模糊、眼前出现黑点或出现闪光、怀孕晚期出现呕吐、体重突然剧增或出现上腹部疼痛。

■感染性疾病的症状，如出现皮疹或发烧。

■与传染性疾病接触，而又未进行过免疫接种，如水痘或风疹等。

■在怀孕的最后3个月出现严重的全身性瘙痒。这可能是孕妇胆汁淤积的征兆，这是一种少见的肝脏疾病。可能还有一些其他的症状，包括黄疸或是皮肤发黄，大便颜色苍白，尿液颜色较深。

■尿路感染，症状包括：尿频伴有尿痛、烧灼感或其他不适、腰部疼痛、发烧或寒战以及血尿等。

■腹部疼痛，特别是在伴有阴道出血时。在怀孕的头三个月，严重的腹痛伴有阴道出血可能是流产的征兆。

■严重呕吐。

■分娩征兆包括：破膜和宫缩（详见第72页）。

■如果破膜后的排出物呈绿色，需要立即进行医疗处理，应叫救护车。

■其他感染或疾病的症状主要包括：喉咙严重疼痛、高烧、腺体肿大、全身疲劳或出现肌肉和关节疼痛等不适。

■总体感觉很糟。

紧急情况

出现紧急情况时，你可能要联系相关的人，所以平常你要将紧急情况时需要的电话号码（详见第110页）放在你自己电话的后面。

紧急的分娩情况

如果你独自在家，并发现自己要开始分娩，而且来不及去医院时：

■努力保持平静。快速分娩说明你的身体和宝宝配合得很好。

■打电话给紧急服务中心，告诉他们具体情况。

■设法找个邻居或熟人帮忙。

■开始喘气，不让自己用力娩出胎儿。

■如果有时间的话，洗干净自己的手和会阴部。

■找一些干净的浴巾、床单或其他可以包裹宝宝的东西。

■想办法使房间的温度升高，并在地板、沙发或床上铺上一些塑料布、干净的床单、毛巾或报纸。

■躺在地上，用枕头垫着或是侧躺着，等着别人来帮你。

■如果等不及别人来而宝宝就要生出来，就轻柔地向下用力屏气。当在等待身体娩出时，要托住宝宝的头部，但是不要拉他的头。检查是否有脐带绕颈。如果有绕颈，将它轻轻地绕过头部解开，但不能用力拉。

■用你可以拿到的布，将宝宝裹起来，擦去鼻子上的粘液。如果有必要，可以用你的手指将他的嘴巴抠干净。

■如果脐带足够长，可以让宝宝吸吮乳头，即使你并不准备哺乳。

■不要把胎盘拖拉出来。如果它自己娩出了，可将它包起来，并让它与宝宝保持在同一高度。

■盖着被子，注意自己和宝宝的保暖，直到有人来帮助你。

孕期出血

■努力保持平静。

■联系医生、救护车或医院，或是让别人帮你联系。

■呆在床上或躺着，直到有人来帮忙。

■保留一些沾有血的衣物。在医生看见之前，不要将血或血块冲掉。略带桃色或灰色的东西可能是胚胎组织，要保留着让医生检查是否完整。

■在医生未允许之前不要吃喝任何东西。

孕期记录

　　这几页可以用来记录怀孕的一些事项，包括记录产前检查和产前教育的日期等，也可以记录一些自己身体和情绪上的变化情况。

个人信息

最后一次月经日期　　　　　　　　　　＿＿＿＿＿＿＿＿＿＿

发现自己怀孕的日期　　　　　　　　　＿＿＿＿＿＿＿＿＿＿

预产期　　　　　　　　　　　　　　　＿＿＿＿＿＿＿＿＿＿

第一次听到胎心的日期　　　　　　　　＿＿＿＿＿＿＿＿＿＿

第一次感觉到胎动的日期　　　　　　　＿＿＿＿＿＿＿＿＿＿

分娩日期　　　　　　　　　　　　　　＿＿＿＿＿＿＿＿＿＿

分娩伴侣　　　　　　　　　　　　　　＿＿＿＿＿＿＿＿＿＿

宝宝出生＿＿＿＿＿＿＿＿　　时间＿＿＿＿＿＿＿＿＿＿

体重＿＿＿＿＿＿＿＿　　身长＿＿＿＿＿＿＿＿＿

自己的血型＿＿＿＿＿＿＿＿　　怀孕前体重＿＿＿＿＿＿＿

药物	剂量	开始服用时间	结束用药时间
叶酸	每天0.4毫克		

6

特殊检查

日期	检查方法	结果

产前预约

日期或时间	孕周	血压	体重	问题/意见

产前教育

指导老师 _____　　　　地点 _____
日期 _____　　　　时间 _____
特别注释 _____

牙科预约

日期 _____　　　　时间 _____
日期 _____　　　　时间 _____

6

孕妇基本用品

　　孕期买些什么衣服取决于你自己衣橱里有些什么衣服，取决于你喜欢什么样的衣服及你的经济预算情况。买新衣服时要考虑分娩后这些衣服还有什么用，特别对于那些准备哺乳的孕妇来说，最好要买前面开口的衣服（详见第38－39页中关于孕妇衣服的选购知识）。你还需要考虑去医院时你自己和宝宝需要些什么。

去医院要带些什么

　　许多小孩在预产期之前就出生了，为了安全起见，最好要在36周左右就做好准备。医院可能会列出一张清单告诉你要准备些什么，如果没有，你可以自己打听医院提供些什么，自己需要准备些什么。

　　你可能会发现要准备三个包，一个是呆在医院里用的，一个分娩时用，一个是回家时自己和宝宝穿的衣服。你也不必将所有东西都带上，检查自己准备的东西，必需用品是否都带上了，并想想还需要什么东西，这些可能取决于你在医院呆的时间。

分娩专用包

■擦脸用的海绵或毛巾，天然的海绵比人工合成的更柔软。

■分娩伴侣为你按摩所需的油或其他药水。

■唇膏。

■厚袜子（分娩时如果脚冷可以穿）。

■如果允许，为你爱人和自己准备些点心（如水果、米糕、薄脆饼干、水果条以及果汁）。

■相机和胶卷或便携式摄像机。

■如果你想看宝宝出生的过程，还可以带一面大的手握式镜子。

■绑长头发用的带子或发夹。

■产妇用的卫生护垫。

■唱机和录音带。

■如果你不想穿医院里的衣服，要准备些睡衣或圆领汗衫。

住院期间用的包

■1－3套睡衣，睡衣多少可根据你在医院呆的时间。如果你准备哺乳，这些衣服开口要在前面。
■白天穿的衣服和拖鞋。
■2－3个乳罩。
■舒适的棉衬裤。
■产妇用的卫生护垫。
■洗漱用品，包括肥皂、毛巾、牙刷、牙膏、漱口剂、洗发精、除臭剂、毛刷和梳子。
■分娩伴侣的洗漱用品。
■1－2条小的毛巾和手巾或1条大的浴巾。
■湿手帕——用来方便擦洗手和脸。
■几盒棉纸。
■保湿膏或护肤液。
■爽身粉。
■打电话用的硬币或电话卡（你可能不能使用移动电话，它们会干扰医院的一些设备）。
■电话号码簿。
■书、杂志、笔、信纸、邮票、出身卡等。

回家时用的包

　　回家时用的包可以让你爱人以后再带。
■舒适的衣服，如裙子、裤子、运动衫或其他衣服。
■内衣，如果有必要，带些紧身内衣。
■鞋子或便鞋。
■如果天气冷，还要带些外衣或夹克。
宝宝用品
■内衣。
■1－2块尿布。

■连裤衣。
■羊毛衫。
　帽子。
　披巾或毯子。
　如果坐车回家，要使用经核准的汽车座位或婴儿床，并能用安全书将宝宝绑好。
■检查医院所提供的东西和自己应该带的东西。尽可能将必要的物品都带上。

6

宝宝基本用品

　　宝宝所需的用品似乎总是没完没了，而且宝宝用品的选择也让许多父母无所适从。虽然作为父母亲都觉得要让自己的宝宝用最好的东西，但是你也没必要耗尽资财。宝宝除了对关爱、保暖和营养的需要以外，对物质的需要是很少的。如果经济比较紧张，记住，宝宝并不懂得他是在一个塑料浴盆、普通水槽还是在昂贵的浴缸里洗澡，并不能感觉到自己是穿着名牌的衣服还是连锁店的二手货。有些较大的东西可以迟些买或是用二手货，也可向朋友或亲戚借用。

提示

■决定先买什么：将宝宝一出生就要用的东西列一张清单，以后要再买什么再列一张，第三张单子列出那些比较昂贵或是可买可不买的东西。

■如果你不知道需要买些什么东西，可以等到分娩后再看看需要些什么。

■看看你朋友和亲戚家有什么可以借给你用，还可以到二手店或便宜市场看看可以买些什么。

■尽可能多收集一些商店或邮购的目录，看看可以买些什么，并比较不同地方的价格。

■不要买太多小号的衣服——宝宝长得很快。

■买一件大件的物品如婴儿车之前，要仔细考虑家中是否有足够空间可供周旋。

睡眠需要用品

■便携式或手提式婴儿床。如果买二手货的话，要注意是否符合国家安全标准。便携式婴儿床不能直接放在地上，也要有脚架。

■新床垫要与床相配，并符合国家安全标准（近来研究发现，二手床垫是一些摇篮死的原因）。

■4－6张防火的床单。

■4－6张棉毯子。

■2条轻被子。

宝宝出生时基本用品

■4－6件棉内衣。

■4－6件连裤衣或4－6件睡衣（低可燃性）。

■2－3件羊毛衫或便装。

■3－4双袜子。

■1－2顶童帽（如果不戴这些帽子，可以将宝宝的头裹在毯子或披巾中）。

■2双连指手套。

■4－6条围兜。

■出门戴的披巾或毯子。

■新生儿即用型尿布、布尿布和短衬裤。

其他必需品

■如果你不进行母乳喂养而使用配方奶喂养，要准备6个奶瓶、奶嘴、消毒设备。

■如果你有车，还要买一个新生儿的车座。

■洗澡用品如棉球、低刺激性的肥皂或宝宝用的洗液。

■柔软的浴巾。

选购品

■平底式婴儿车或折叠式婴儿车、手推式婴儿车。

■背带。

■宝宝用的浴盆。

■换衣服用的垫子和包。

■宝宝监视器。

安全第一

■保证新买的用品或二手用品符合国家安全标准。

■1岁以下的宝宝不需要枕头。

■保证床垫与婴儿床相匹配，不要买二手床垫。

■建议1岁以下的宝宝不要使用羽绒被褥，这种被褥会使宝宝太热。

■如果你买了宝宝睡袋，只能在抱着的时候用，在室内时不要让宝宝睡在里面——这也会让宝宝太热了，比较危险。

6

电话号码

配偶联系电话 —————————————

急诊服务中心　　　　电话号码：——————————

家庭医生
姓名：——————————　　电话号码：——————————
地址：——————————————————————————

产科医生
姓名：——————————　　电话号码：——————————
地址：——————————————————————————

助产士
姓名：——————————　　电话号码：——————————
地址：——————————————————————————

医院
名称：——————————　　电话号码：——————————
地址：——————————————————————————

近亲
姓名：——————————　　电话号码：——————————
地址：——————————————————————————

邻居
姓名：——————————　　电话号码：——————————

邻居
姓名：——————————　　电话号码：——————————

托儿所
名称：——————————　　电话号码：——————————
地址：——————————————————————————

健康保险公司
名称：——————————　　电话号码：——————————
地址：——————————————————————————
保险号码：——————————————————————

6

孕期必要营养物质来源表

维生素A	乳制品、蛋、富含油脂的鱼、黄色、橘色或绿色蔬菜
维生素B$_1$	全麦谷物、糙米、酵母、坚果、豆类、绿色叶菜
维生素B$_2$	全麦谷物、糙米、绿色蔬菜、蛋
维生素B$_3$	全麦谷物、酵母、富含油脂的鱼、蛋、牛奶
维生素B$_5$	蛋、豆类、坚果、全麦食品、糙米、鳄梨
维生素B$_6$	全麦谷物、酵母、麦芽、蘑菇、马铃薯
维生素B$_{12}$	蛋、肉、牡蛎、牛奶
叶酸	绿色叶菜、橘子、豆类
维生素C	柑橘类水果、草莓、甜椒、番茄、马铃薯
维生素D	强化乳品、富含油脂的鱼(沙丁鱼罐头)、蛋黄(此外还需日照)
维生素E	菜油、麦芽、坚果、葵花子、花椰菜
钙	奶制品、沙丁鱼罐头和带骨的鲑鱼罐头、绿色叶菜、豆类
铁	瘦肉、豆类、蛋、绿色叶菜
锌	麦芽、麦麸、全麦谷物、糙米、坚果、洋葱、牡蛎

6

原著编辑人员

Consultant Editor Gila Leiter, MD
Project Editor Esther Labi
Designer Philip Letsu
Picture Editor Zilda Tandy
DTP Editor Lesley Gilbert
Managing Editor Lindsay McTeague
Production Editor Rebecca Clunes
Editorial Director Sophie Collins
Art Director Sean Keogh
Production Nikki Ingram

鸣 谢

t=top, b=bottom, l=left, r=right, c=centre
Picture credits
5 The Stock Market; 6t Andrew Sydenham; 6b Andrew Sydenham, Laura Wickenden; 6br Andrew Sydenham; 12 Laura Wickenden; 14 Jacqui Farroi/Bubbles; 15 Laura Wickenden; 16 Jo Foord; 17 Holy Name Hospital, New Jersey; 19 Angela Hampton/Bubbles;21 Laura Wickenden; 24t Laura Wickenden; 24b Jo Foord; 26t Andrew Sydenham; 26b Jennie Woodcock / Bubbles; 29 Christine Hanscomb, Jo Foord, Andrew Sydenham, Laura Wickenden; 31 Laura Wickenden; 32 Andrew Sydenham; 33 Andrew Sydenham; 34–35t Andrew Sydenham; 35b Loisjoy Thurston/Bubbles; 38 Laura Wickenden; 39t Andrew Sydenham; 39b Laura Wickenden; 40 Laura Wickenden; 41 Andrew Sydenham; 43 Matthew Ward; 44 Jeff Hunter/The Image Bank; 45 Matthew Ward; 48–49 Laura Wickenden; 50–51 Laura Wickenden; 52t Andrew Sydenham; 52b Laura Wickenden; 53 Laura Wickenden; 54l Iain Bagwell; 54r Laura Wickenden; 55 Laura Wickenden; 56–57 Andrew Sydenham; 58–59 Laura Wickenden; 61 Laura Wickenden; 63 Jo Foord; 65 The Stock Market; 68 The Stock Market; 68 inset The Stock Market; 73 Laura Wickenden; 75 Laura Wickenden; 78 Laura Wickenden; 79t Jo Foord; 79c Jo Foord; 79b Laura Wickenden; 82 Frans Rombout/Bubbles; 85 Andrew Sydenham; 87 Andrew Sydenham; 89 Andrew Sydenham; 90 Laura Wickenden; 91 Frans Rombout/Bubbles; 92 Andrew Sydenham; 93 Loisjoy Thurston/Bubbles; 94 Andrew Sydenham, Laura Wickenden; 95 Andrew Sydenham; 96 Andrew Sydenham; 99 Andrew Sydenham; 101 Andrew Sydenham; 104 Andrew Sydenham; 106 Laura Wickenden; 107 Andrew Sydenham; 108 The Stock Market; 109t Laura Wickenden; 109b Andrew Sydenham

Illustration credits
13 Kevin Jones; 72 and 80 Michael Courtney; 77 and 81 Mick Saunders; 66 and 67 Chris Forsey